melmel chung   light and shadow   melmel chung

다만

빛과

그림자가

그곳에 있었고

정멜멜 에세이

책읽는수요일 Books on Wednesday

Chapter + 1

일과 삶

Chapter + 1.5

도시와 산책

Chapter + 2

균형과 반복

Behind the Cut

질문과 응답

Chapter + 1

일과 삶

1

엄마에게는 어쩐지 좀 독특한 부분이 있었다. 예를 들면 "되도록이면 결혼은 하지 말라"거나 "결혼을 하더라도 여자는 꼭 경제 능력을 가지고 있어야 한다" 같은 발언을 20년 전부터 서슴지 않고 하던 사람이었다. 1인 가구나 비혼이란 단어가 익숙해진 시대에 이젠 딱히 특별한 내용도 아니지만 20세기에 중년의 혈육에게 쉽게 들을 수 있는 말은 아니었다. 여전히 나는 각종 경조사에서 만나는 친척들에게 왜 결혼 안 하냐는 말을 심심찮게 듣기 때문이다. 당시 청소년이던 내가 그 말들이 무슨 의미인지 알 턱도 없었고 그냥 평범한 엄마들과 다른 말을 종종 하는 특이한 사람이라고 생각했다.

엄마의 문제적 발언들이 순탄치 못했던 결혼생활로부터 왔을지 모른다고 생각한 적도 있다. 물론 영향이 없진 않았겠지만 엄마는 사람과 사람의 만남에 환멸을 갖기보다는 "인생의 다양한 경험은 모두 연애로부터 온다"라는 신념을 가지고 있었고, 나에게도 무척 강조했기 때문에 그 가설도 확신할 수는 없다. 왜 집에만 있어? 연애를 많이 해야지. 재미있는 사람들은 되도록 다 만나봐. 될 수 있으면 애인을 많이 만나봐야 해. 결혼은 안 해도 되는데, 연애는 많이 해도 좋아. 애석하게도 엄마의 바람에 부응하지 못했고 남들 하는 정도로 몇 번의 연애만 어찌어찌 거쳤다. 세상에는 하고 싶다는 마음만으로 성사되지 않는 것들이 있는데 연애도 그랬다.

꼭 결혼뿐만이 아니라 엄마는 나에게 그리고 동생에게 뭘 했으면 좋겠다고 바라지 않는 사람이었는데 덕분에 두 딸 모두 아무렇게나 쑥쑥 자랐다. 공부나 귀가를 강요받지 않는 환경은 의외로 어릴 때 나의 큰 불만이기도 했다. 저녁이 되면 집으로 들어오라는 전화를 받으며 돌아가는 친구들이 내심 부러웠다. 잔소리라는 건 많이 들으면 귀찮고 짜증 나는 게 분명한데, 아예 듣지 않으면 어딘가 서운함이 밀려오는 참으로 이상한 인생의 요소이기 때문이다. "무조건 (너희가) 알아서 할 것." 돌이켜보면 그것이 엄마가 가진 거의 유일한 교육 철학이었다.

"알아서 할 것"이란 신조는 엄마의 인생에도 그대로 적용되었을 거라고 생각한다. 그래서인지 내가 기억하는 엄마의 모습은 늘 꿋꿋하고 씩씩하다. 주저 없이 결정을 하고, 선택을 한 뒤에는 이렇다 저렇다 말을 대거나 후회하지 않았다. 엄마는 인생의 아주 중대한 결정, 즉 이혼을 하기로 마음먹은 뒤 신도시에서의 생활을 빠르게 정리했다. 안정적으로 운영하던 작은 가게를 처분하고 서울로 올라와 더 작은 가게를 계약했다. 그리고 훨씬 작아진 집으로 이사를 했다. 그 작은 집에서 여자들끼리만 살게 되었다. 갑작스럽게 바뀐 환경이 무슨 의미인지, 앞으로 평범한 가정과는 어떤 식으로 다른 모양이 될지 아직 어렸던 나와 동생도 알아차릴 수밖에 없었다. 각자의 자리에서 "알아서 잘" 살아남아야 하는 시기였다.

대신 엄마는 내가 하고 싶어 하는 일에는 힘닿는 만큼 지원을 해주었다. 그 역시도 도와주면 알아서 잘 하겠지, 라는 마음이었을 거라고 가늠해본다. 수능이 끝난 직후부터 2월까지 대학교 등록금만큼 비싼 미대 입시 특강비를 내려면 엄마는 아주 무리를 해야 했다. 1지망, 2지망, 3지망 대학교를 모두 합격하고 다니던 학원 앞에 내 이름이 새겨진 현수막이 붙었을 때 기쁘기보다는 안도했다. 스스로 이뤄낸 어떤 성취여서라기보다는 내가 당시 엄마에게 줄 수 있었던 가장 큰 보람이었기 때문이다. 엄마의 입버릇이었던 알아서 하라는 말 뒤에는 자유도 있었지만 책임도, 의무도 있었다.

엄마의 또 다른 기쁨은 일, 즉 노동이었다. 힘들지 않았을 리 없지만 무엇보다 일을 좋아하고 일하는 스스로에게 자긍심을 가지고 있는 사람이었다. 이건 엄마의 나이에 가까워지며, 내 직업을 가지고 나서야 비로소 엄마가 어떤 사람이었는지 선명히 느낄 수 있는 부분이었다. 엄마가 많은 사람들을 만나며 활기차게 일하는 것을 좋아했다는 것을, 괴로운 시절에 엄마의 일이 무엇과도 비교할 수 없는 큰 힘과 버팀목, 경제적 뒷받침이 되어줬다는 것을 이제야 안다. 슬퍼하거나 주저앉아 절망할 겨를도 없이 다시 일어나게 해준 건 아마도 일이었을 것이다.

나는 엄마의 일과 생활에 관한 무용담을 듣기를 무엇보다 좋아했다. 혼자 힘으로 변두리의 작은 가게의 매출을 끌어올리고 확장한 것. 손님들을 잘 모으는 방법. 요리에 대한 재능과 확신. 새로운 연애. 무례한 남자 손님들에게 지지 않는 법. 일하지 않는 시간을 꽉 채우는 취미. 땀 흘리는 것의 즐거움. 엄마는 아무래도 모성, 온화라는 단어보다는 솔직, 용감이란 단어와 어울리는 사람이었다. 엄마의 치열한 삶에는 나름대로 하루하루의 영광이 있었다. 엄마 앞에 비관적인 순간들이 나타나지 않았을 리 없는데 개의치 않았던 건지, 말하지 않았던 건지, 못 본 척하고 전력 질주를 했던 건지. 마흔 전의 엄마의 삶은 온통 앞과 더 앞으로 이루어져 있었다. 과거보다는 지금, 하고 싶었던 것보다는 해야 할 것.

정작 내가 가진 어떤 성정과 소질들은 대부분 아빠로부터 많이 물려받았다. 옷도 잘 골라 입고 영화광에 그림 솜씨도 좋지만 내성적이고 생활력이 많이 부족했던 아빠는 엄마에게 미움의 대상이자 동시에 동경의 대상이었다. 엄마의 형제자매들 말을 빌리자면 엄마는 야무지고 똑똑하고 심지어 운동신경도 좋았지만 글씨를 잘 쓰거나 그림을 잘 그리지는 못하는 사람이었기 때문이다. 센스는 확실히 아빠가 좋았다. 유치원에 입학할 무렵부터 빈 종이만 보면 뭐든 그리던 나를 보면서 그토록 부러워하던 아빠의 재능을 딸이 물려받았다는 사실을 깨닫고 엄마는 기쁨을 감출 수 없었다고 했다. 돌이켜보면 크레파스나 색연필, 스케치북만은 부족한 적 없던 어린 시절이었다.

그래 봤자 어린아이가 그린 그림이었을 텐데 엄마는 종이를 들여다보면서 언제나 감탄을 했다. 알 수 없는 얼굴을 하거나 잘 보이는 곳에 내 그림들을 붙여두기도 했다. 정말 정말 못 그리는 사람이었기 때문에 감탄하는 데에도 끓는점이 있다면 아마 현저하게 낮았을 것이다. 갖고 싶었지만 애초의 나와는 거리가 먼 어떤 장점이 내가 낳은 아이에게 심겨 있다는 걸 발견하면 어떤 기분일까? 예를 들면 음치인 내가 노래를 잘하는 딸을, 운동에 흥미라고는 없는 내가 달리기를 기가 막히게 잘하는 아들을 갑자기 만나버린 기분은 뭘까. 아무리 생각을 해봐도 난 알 수가 없지만 당시의 엄마에게는 상당한 행복이자 또 보람이었다.

자라면서 보니 나는 그림에 있어선 그렇게까지 천재도 아니었을뿐더러 넌더리 날 정도로 아빠의 단점들까지 빼다 박은 아이였기 때문에 엄마는 상당히 착잡한 기분을 느꼈다고 했다. 그럼에도 불구하고 언제나 내가 그린 그림들을 보며 아빠를 닮아서 그렇다면서 꿈을 꾸는 듯한 표정을 짓던 엄마를 기억한다. 정작 그 재능을 내게 보내준 아빠는 나보다 잘 그리는 사람이 세상에 얼마나 많은지 힘주어 말해 매번 내 기운을 빼는 사람이었는데도 불구하고. 미대 진학에 대한 엄마의 전폭적인 지원은 아마 이런 배경에서 오지 않았을까 생각해본다. 미래에 주로 낙관을 보내는 사람이었고 자잘한 계산이 없는 사람이었다.

아빠를 사랑했고, 미워했고, 또 연민했던 엄마였다. 믿을 수 없을 만큼 정반대의 사람들이 만나서 결혼을 하고 위태롭게 가정을 꾸려나가다 영원히 어긋나 버리고 말았다. 어쩌면 애초에 어긋나게 걷고 있던 사람들이 잠시 포개진 순간에 잘못된 선택을 한 걸지도 모르겠다. 서류로는 완전한 타인이 되었지만 둘의 유전자를 이어받은 존재들이 곁에 있는 이상 영원히 남남이 될 수 없는 관계를 지켜보는 건 당사자들에게도 그랬겠으나 주변인들에게도 쉽지 않고 마음 아픈 일이었다.

그 시간 속에서 엄마는 아빠를 무척 닮은 나를 더없이 사랑하고 미워도 하고 연민도 했다. 당연히 사랑이 훨씬 더 컸을 테지만 아빠를 향한 감정들과의 성분 자체는 어느 정도 비슷하지 않았을까 생각해본다. 나 역시 마찬가지로 엄마를 사랑했고 미워했고 연민했다. 불안하고 예민한 10대였던 나에게 30대였던 엄마와 아빠는 완벽하게 사랑해내기엔 도무지 힘들고 또 완전히 미워할 수도 없는 존재들이었다. 20대의 나와 30대의 내가 40대의 엄마 아빠, 50대의 엄마 아빠를 이전과 다르게 이해한다는 건 고맙고도 안타까운 일이다.

엄마를 향한 나의 복잡한 사랑과는 별개로 엄마는 내내 어딘가 독특했다. 사주를 봤는데 이름이 영 안 좋더라며 갑자기 이상하게 세련된 이름을 지어오는가 하면 어느 날 몸에 큰 돌고래를 그려오기도 했다. 왜 타투를 이제야 해봤는지 모르겠다는 말을 하며 너도 어디든 해봐! 하고 흥분한 목소리로 권유를 할 때 나는 엄마 앞에서 무슨 표정을 지었던가. 당시 지금처럼 몸에 문신을 하는 사람이 많지 않았기 때문에 몹시 당황스러웠다. 커다란 전문가용 카메라를 사고 싶다고 했을 때, 특별히 왜냐고 묻지도 않고 사도록 돈을 보태준 것도 엄마였다. 늘 뭐 하나 망설이는 일이 없었다. 새로운 사랑도 열심히 하고, 이별도 시원시원하게 했다. 엄마의 행동들은 내가 이해하기엔 늘 저 앞에 가 있을 때가 많았다.

엄마와 나의 본질적인 다름에 대해서 이야기를 나눌 시간이 내게 무한정 펼쳐져 있을 거라 생각했다. 우리 모두 그렇게 생각하듯이. 성인이 되고 난 뒤 많은 나날을 소홀하게 여겼다. 엄마의 나이는 47세에서 멈춰버렸다. 갑작스러운 사고였다. 나의 세계 일부도 어쩔 수 없이 그날부터 작동하지 않는다.

엄마의 아직도 알듯 말듯 한 말들과 이제는 완전히 알 것 같은 말들이 여전히 내 곁을 맴돌지만 나는 아직 연애도 많이 못 했고 타투는 생각만 하다가 관둔다. 역시 엄마는 나랑 너무나 다른 사람이니까. 영원히 엄마를 추측할 수밖에 없다. 점점 엄마의 나이에 가까워지며 이해하고, 새롭게 깨닫고, 멋대로 오해하기만 한다. 언젠가는 엄마의 나이를 지나친다. 예정되어 있는 일이다.

살아 있던 사람들이 없어지면 그 사람을 이루고 있던 모든 것들 혹은 그 사람을 알 수 있게 해주었던 것들은 다 어디로 가는 것일까. 20대의 나는 그런 생각을 자주 했다. 괴로우면서도 빠져들면 멈출 수 없었다. 한 번 내린 결정에 후회하지 않는 면, 불 같은 성격, 다음 단계로 빨리빨리 넘어가고 싶어 하는 성향, 감탄을 잘하는 마음, 뒤도 안 돌아보는 추진력을 어느 날 내게서 발견했을 때 깨달았다. 내가 아주 나중에서야 알게 된 나의 모습들. 일하는 방식과 일에 기대고 애착을 갖는 마음은 다른 누구도 아닌 엄마를 꼭 닮아 있었다. 깊이 사랑했던 사람들이 떠나간 자리는 변함없이 비워져 있기만 한 것이 아니라고, 어쩌면 계속해서 새로운 알아감으로 채워갈 수 있다고, 그것이 뒤늦게 알아차리게 된 당혹스러움이나 영영 메워질 수 없는 깊은 슬픔만은 아니라고, 언제까지고 생각하고 그리워할 수 있음에 대한 새로운 준비이기도 하다고. 30대의 나는 어렴풋이 느낀다. 너는 왜 이렇게 아빠를 빼다 닮았을까. 자주 중얼거렸던 조금 이상한 사람. 이제는 엄마가 모르던 사실을 내가 알고, 내가 모르던 엄마를 나로 인해 알아간다.

2

간판은 따로 없는 곳. 언뜻 보면 반듯하고 평범한 집이라고 생각하며 그냥 지나갈 법한 낡은 대문. 그 문을 열고 들어서면 라일락이 있는 마당과 나무 데크. 조금은 뻑뻑한 중문을 열고 들어가면 보이는 작은 바와 몇 개의 테이블. 나의 최초의 단골 술집인 양옥집을 개조한 누하동의 작은 펍을 소개할 때면 이렇게 이야기를 시작하곤 했다.

"술을 한 잔도 못 하지만 단골 술집이 있어."

이름과 얼굴 정도를 알고 지내던 맥줏집 사장님의 가게를 거의 매일같이 들르게 된 건 대학로에 직장을 얻게 되면서였다. 면접을 보고 출근일을 확정 짓던 날, 묘한 기분을 안고 혜화동에서 버스를 타고 안국역에서 내려 경복궁을 가로지르고 필운대로를 걸으며 생각했다. 이런 곳을 걸으며 출퇴근하게 되다니 멋진데, 어쩌면 즐겁게 일할 수 있겠는걸.

그 생각은 반만 맞았다. 봄이면 벚꽃이 하늘을 메우듯 피어나는 필운대로, 가을이면 호박색의 낙엽들이 가득한 마로니에 공원은 아직도 내 멋대로 정하는 '운치 있는 서울 풍경 50선'에 해당한다. 아름다운 길이고 잊지 못할 풍경이었다. 그러나 회사생활은 점점 고달파지기만 했다. 지금까지도 좋은 인연을 이어가는 중인 몇몇 동료들을 만났지만 그것만으로는 역부족인 상황들도 있었다. 나는 한숨을 쉬며, 때로는 머리끝까지 화가 난 채로, 어쩌지 못하는 답답한 마음으로, 허무함을 가득 안고 누하동의 펍으로 가는 일이 잦아졌다.

지금은 그렇지 않지만, 당시의 나는 맥주 한 잔도 버거운 사람이었기 때문에 아보카도를 으깨서 만든 과카몰리나 맥주 반죽을 입힌 양파 튀김을 시키곤 했다. 종종 달고 도수가 낮은 포도주를 주문했지만 한 병을 다 비울 수 없었다. 친구도 없이 혼자 취해버리면 곤란하니까. 이미 내 고충을 들어주는 것이 고충이 되어버렸을지 모르는 사장님에게도 못할 짓이었다. 사장님은 능수능란하게 누군가를 위로할 수 있는 사람은 아니었지만, 나와 전공이 비슷했고 전공과 전혀 다른 일을 하고 있다는 것 역시 비슷해 이야기가 잘 통했다.

밤에는 좋아하는 술을 팔고 낮에는 부업으로 인테리어 디자인을 하고 있던 사장님은 번듯한 설계 회사를 다니던 회사원이었지만 1년을 겨우 채우고 나와서 술집을 차렸다고 했다. 그 창업 스토리마저 직장인들이 늘 꿈꿔오던 어떤 완벽함이 있었다. 내가 주로 앉는 자리는 입구 옆쪽의 바 자리로, 사장님이 설거지를 하거나 양파를 튀길 때 그 등에 대고 이야기를 꺼내는 식이었다. 일주일에 한 번, 두 번, 술집을 드나드는 횟수가 늘어날수록 과묵했던 사장님의 고민도 들을 수 있게 되었다. 술 취한 사람들의 사사로운 시비가 주제일 때도 있었고, 또 다른 직업인으로서의 자아에 대한 이야기를 나눌 때도 있었다.

"제가 힘든 건 이런 건데요. 공간을 디자인하면 주인이 간판을 굴림체로 만든다든가."

"그렇죠. 사장님이 간판 디자인까지는 해줄 수 없으니."

"어떨 땐 로고를 세 개 정도 만들어 내키는 대로 돌려쓰기도 해요."

"… (듣고 있기 괴로움)"

요지는 기회가 되면 시각적인 부분을 매만져줄 만한 이와 짝을 이뤄 일해보고 싶다는 것이었는데 마침 내가 도와줄 수 있는 부분이었다. 당시 나는 웹디자인을 주업으로 하고 있었다. 좀 더 사장님과 친해지고 싶었던 나는 흔쾌히 도움을 줄 수 있음을 호언장담했다. 일단 호기롭게 말하는 것이 또 나의 특징이기 때문이다. 당시 나는 술도 잘 못 마시면서 안주만 쏙쏙 시켜 먹는 술집의 불청객이었는데 아무래도 만회할 수 있는 기회였다. 술집에서 환영받는 손님은 역시 안주보다는 연거푸 맥주를 시켜 들이켜는 손님이다.

내친김에 우리는 종종 협업을 도모했지만 각자 따로 직장이 있는 상황인지라 번번이 실현되지 못했다. 가벼운 의도로 시도했기 때문에 큰 상심은 없었다. 아쉽지만, 다음 기회에 하죠! 정도의 마음이었다. 성사 여부와는 별개로 사장님은 괜찮은 사람이었다. 나에게 없는 꼼꼼하고 신중한 면이 마음에 들었다. 취업과 재취업 사이 종종 프리랜서로 일하기도 했지만 팔랑이는 사업자 등록증 한 장 정도의 경험치가 전부였던 나와는 달리 현직 자영업자라는 점에서도 신뢰가 생겼다. 때로는 소처럼 일해주고도 이상한 체면치레로 돈 달라는 말을 꺼내지 못하겠다는 나에게 그런 말이라면 숨 쉬듯이 대신해줄 수 있다고 했다.

그 말은 정말 심장이 뻐근해지도록 믿음직스러웠다. 나중에 내가 회사를 나오면, 나중에 사장님이 술집을 관두면, 그때는 같이 한번 일해보는 것도 좋겠다는 느슨한 약속을 맺었다. '나중'이라는 단어가 끼어 있는 다짐은 얼마나 안온하고 흥미로운가. 먼 이야기라고 생각했다. 그저 내가 사랑하는 서울의 길들을 걸어 좋아하는 술집에 들르는 일이 좀 더 즐겁도록 무심코 보탠 상상 같은 것.

거짓말처럼 고작 8개월 뒤, 나는 도저히 안 되겠다는 마음으로 경복궁 앞 횡단보도를 건너게 되고, 사장님은 술병을 들고 위협하는 취객으로 인해 맥줏집 운영에 대한 회의감을 느끼게 된다. 나는 낯선 조직에 미끄러지듯 안착하는 데 끝내 실패했고, 사장님은 자신이 만든 공간에서 피할 수 없는 두려움을 느꼈다. 아마 그때 우리는 서로를 떠올렸을 것이다. 미처 눈치채지 못 하는 동안 우리의 동업은 가까워지고 있었다. 그렇게 말에는 힘이 있다. 알 수 없는 힘에 속수무책으로 휘둘리기도 하지만 때로는 그 힘에 기대어 어디에 있었는지 모를 커다란 용기가 꺼내어지기도 하는 것이다. 그해 가을, 우리는 함께 일을 해보기로 했다. 나에게는 단골 술집이 사라지고 동료가 생겼다.

틀어지고 나서야
비로소 시작되는 무언가가 있다

3

내가 일하고 있는 텍스처 온 텍스처는 서울을 기반으로 활동하는 아주 작은 단위의 스튜디오로 공간과 인물과 사물을 두루 찍는다. 초반엔 각자가 전공한 디자인 업무를 주로 진행했으나 어째선지 사진 업무가 점점 늘어나게 되어 지금은 그냥 좀 독특한 이력을 거친 사진 스튜디오가 되었다.

"사진을 찍는다"는 문장에 대해 조금 더 면밀히 이야기해 보자면 먼저 의뢰인의 제안을 받고 프로젝트의 방향, 우리의 역량, 약간의 재미와 보람 등을 가늠한다. 물론 일정과 견적 역시. 그리고 이것저것을 조정해 의뢰인과 미팅을 가진다.

현장에서는 다양한 사람들과 협업한다. 건축가, 작가, 기획자, 디자이너, 마케터, 제작자, 사업가, 스타일리스트, 헤어 메이크업 아티스트 등 매번 다르다. 가장 중요한 건 역시 촬영을 하는 당일이다. 날씨, 시간, 그날 모인 사람들 각자의 컨디션까지 여러 가지를 빈틈없이 고려해야 한다. 때로는 그중 하나가 변수가 되기도 한다. 촬영을 끝내면 후보정 작업이 남아 있다. 보통 리터처를 따로 두는 스튜디오들도 있지만 우리의 경우, 후반 작업까지 맡아서 진행하는 편이다. 체크할 사항들을 주고받고 유념하며 납품일에 맞춰 작업을 한다. 여기까지가 이 작은 스튜디오를 유지하기 위해 우리가 일하는 방식이다.

이렇게 설명하니 꽤 번듯하고 숙련된 스튜디오 중 한곳처럼 보이지만, 그 안엔 많은 혼란과 깨우침과 번복과 방황이 있었다. 그리고 무시무시하게도 그 모든 것들은 현재 진행 중이다. 운영에 대한 노하우가 전혀 없는 스튜디오 운영기를 쓰고 있는 바로 지금도. 심지어 이 스튜디오 자체가 헛발질을 하다 생겨났기 때문이다.

7년 전 우리는 의기투합하여 갑작스레 뭉치게 되었지만 스튜디오를 오픈할 생각은 아예 없었다. 당시의 나는 회사생활, 정확히 말하면 회사 내에서 벌어지는 조직 간의 위계와 은연중에 치러지는 암투 비슷한 무언가에 진절머리가 난 상태였다. 모든 것에 몸서리가 쳐지는 상태이다 보니 디자이너의 기본 소양인 1픽셀에 집착하는 일도 어쩐지 지겨워진 상태였다. 완전히 다른 일을 하고 싶었다. 인생의 전혀 다른 방향으로 힘껏 내달리고 싶었다. 당시의 나는 시간만 나면 누하동을 드나들며 동네 술집 혹은 카페 사장님들과 꽤 가까워지는 중이었기 때문에 자영업에 대한 환상이 모락모락 피어올라 있는 상태였다.

격무에 치이다 퇴근해 찾은 술집과 카페들은 얼마나 그럴 듯하고 멋진지. 쾌적한 테이블 간격, 근사한 조명과 인테리어, 편안한 공기. 업무 보고나 긴 회의도 없고 어딘가 불편하지만 웃으며 매일 인사를 나눠야 하는 사람도 없는 곳. 확실히 그즈음의 나는 어떻게든 회사생활을 정리하면 삶의 질이 달라질 거라는 허무맹랑한 생각으로 중국 호떡처럼 부풀어 있었다. 덩치가 크지만 안이 텅 비어 있어 한입 베어 물면 푹 하고 부서지는 허무한 그 빵 자체였다. 돌이켜보면 사회생활 경험이라곤 회사에 출퇴근하는 것이 전부였기에 품을 수 있었던 생각들이다. 일은 방식이 어떻든 누구에게나 전쟁인 것을 지금은 안다. 하지만 그땐 그런 생각으로 구 펍 사장님이자 새로운 동료인 신해수에게 선언했다. 나는 이제 이전과 다른 방식으로 돈을 벌고 싶다고.

사실 신해수의 계획은 이러했다. 앞으로 가구를 만들거나 사진을 찍고 싶었던 신해수는 대학원 준비를 병행하며 저녁엔 그토록 좋아하는 술을 팔고 싶어 펍을 차렸다. 그러나 막상 자영업을 시작하니 하루 일과가 영업, 그리고 영업을 준비하는 시간, 그 나머지는 영업에 지쳐 쓰러져 쉬는 시간으로 채워졌다. 제법 단골도 생겼지만 어디까지나 동네의 작은 펍이었고 큰돈을 버는 수준은 아니었다. 전공을 살려 인테리어 디자인을 부업으로 했던 것도 그런 이유였다.

함께 동업을 하게 된다면 각자 해오던 대로 내가 로고나 웹사이트를 만들고 자신이 공간을 디자인하게 될 거라고 막연히 생각했던 신해수는 내심 당황했지만 고심 끝에 나의 제안을 수락했다. 자영업의 여러 고단한 점과는 별개로 아직은 술집 운영이 재미있었고 규모를 좀 더 키워보고 싶었기 때문이다. 또 함께 일하는 사람이 있으면 지금처럼 하루의 대부분을 가게 운영에만 매달리지 않아도 될 것이었다.

그렇게 각자 회사와 맥줏집을 정리할 준비를 하며 우리는 무작정 생선구이를 파는 술집을 떠올렸다. 어째서 생선에 꽂혔는지 지금으로썬 전혀 기억나지 않는다. 이렇게나 까맣게 잊을 만한 당치 않은 이유였을 것이다. 당시엔 이상할 정도로 느낌이 좋았다. 잘될 것 같은 기분이 들었다. 낮에는 생선구이와 밥과 간단한 반찬이 나오는 정식을 팔고, 저녁에는 술을 곁들일 수 있는 식당 겸 술집. 인테리어로도 돋보일 커다란 수족관이 있고, 계절마다 다른 생선을 주제로 한 요리를 선보이고, 술안주로는 피시 앤 칩스도 괜찮을 것 같았다. 매달 새 메뉴를 내고, 공들여 사진을 찍고, 힙하게 인스타그램도 운영한다면 팔로워도 손님도 금방 늘 것이었다.

현실이 가로막지 않는 허무맹랑한 상상은 날개 단 듯 속도를 내어 달려 나갔는데, 마침 나는 절대 브레이크를 밟지 않는 타입이었다. 공상 속의 나는 이미 3호점쯤 낸 가게 주인이었다. 유동 인구가 많은 곳을 찾아 적당한 자리를 알아보고 설득에 설득을 거쳐 요리 경력 35년의 아빠를 섭외했다. 나는 (한때) 한식집 딸이었고, 아빠는 한식이라면 뭐든지 척척 해내는 사람이었다. 처음부터 우리의 설계도에는 아빠가 있었다. 제법 순조롭다고 생각했지만 사실 이 계획에는 커다란 허점이 있었다. 비가 바닥을 뚫어버릴 듯 내리던 어느 여름밤, 우리의 요리사는 갑작스럽게, 너무나 극복할 수 없는 한마디를 내뱉었다.

　　"아무래도 안 되겠다. 생선은 너무 징그럽고."

　　우리 아빠는 요리는 잘하지만 기분파에다 식재료까지 가리는 사람이었던 것이다. 양념 갈비를 구워 팔던 아빠와 딸의 한계였고 패착이었다. 섭외 자체에 커다란 문제가 있었다. 나는 그날 밤 내린 비만큼 울었다. 하늘이 내려앉고 땅이 쪼개질 정도로, 실제로 거의 짐승 같은 소리를 내며 울었다. 당황한 신해수는 앞으로 이런 일에 익숙해져야 한다고 했다. 계획 중 절반 정도는 현실과 여러 이유들로 부스러지다 못해 아예 없어지기도 한다고 담담히 위로했다.

문제는 나에게 '담담'이란 단어는 거의 없다고 봐야 한다
는 점이었는데 나는 불같이 흥분도 잘하고 천둥처럼 화를 내며 마
음이 식으면 금세 얼음처럼 차가워지기도 하는, 한마디로 감정 기
복의 전차(戰車) 같은 성격이며 하고 싶은 건 당장 해야 직성이 풀
리는 사람이었다. 신해수는 그걸 몰랐으며 사실 나도 잘 몰랐다.
회사를 다닐 때는 시키는 일만 하면 되니까 내가 이렇게까지 뭔가
를 크게 계획할 일도, 그 계획이 틀어질 일도 없었기 때문이다. 서
로가 가지고 있는 기본 부품 자체가 많이 다르단 것을 우리는 그
때 깨닫게 된다.

　　평소에 생선구이를 그렇게 좋아하냐 묻는다면 사실 그렇
지도 않다. 언젠가 번듯한 술집을 여는 것이 원대한 꿈이었냐고 묻
는다면 그 역시도 아니다. 그때의 나는 무언가로부터 도망치고 싶
었다. 그런데 그것이 쉽지 않다는 것을 처음으로 깨달았다. 선로
변경을 위해선 오랜 계획과 탄탄한 준비가 필요하다는 것을 알면
서도 모른 척했다.

동시에 침착한 나의 동업자를 보고 느꼈다. 나는 당장 지긋지긋한 상황을 벗어나기 위해 새 동료에게 기대고 있구나. 마침 술집을 하고 있는 신해수가 보였고, 고민이나 선택의 부담감 하나 없이 내 인생의 방향을 틀고 싶었구나. 나에겐 말하자면 어떤 변수에도 대응할 수 있는 단단한 마음가짐 같은 게 애초에 좀 부족했다. 똑같은 상황에서 물에 불은 두부처럼 어쩔 도리 없이 무너지고 있는 스스로를 보며 생각했다. 난폭할 정도의 추진력을 가지고 나아가다가도 무언가 문제가 생기면 꺾이는 속도 역시 빠른 것이 나란 사람이고 회사를 다닐 때, 그러니까 모두를 배려하고 속도를 맞춰야 하는 단체생활 속에 있을 때는 정확히 알지 못했던 나의 부분이었다. 전혀 다른 상황에 놓이니 새롭고도 끔찍한 나의 면면을 알 수 있었고, 몹시 다행히 신해수는 나와는 정반대인 사람이었다.

생선구이집에 대한 생각을 반쯤 접고 심란한 마음으로 사주를 보러 갔다. 우울할 땐 유사과학에 기대 괜히 길흉화복을 점치는 게 제맛이지. 건너 건너 어디선가 추천받은 기가 막히다는 철학관이었다. 앞이 막막하고 마음이 어수선하면 뭐라도 잡고 싶고 듣고 싶은 법이다. 논현동 어느 골목 으슥한 빌라에 들어서니 눈빛이 매서운 할아버지가 나를 기다렸다는 듯 맞이했다. 내 인생을 속속들이 다 정해줄 것만 같아 갑자기 짜릿한 기분이 들었다.

생년월일과 태어난 시각을 말하고 이런저런 말을 들었다. 맞는 말 같기도 하고 아닌 것 같기도 한 이야기들이 여러 번 내 귓가를 맴돌다 사라졌다. 여자는 살림을 하고 남자는 사업을 해야 한다는 둥 시대착오를 서늘하게 끼얹은 멘트들이 더러 있었지만 어쨌든 하나의 인생을 책임지며 오래 살아온 어른의 입에서 나오는 말들이기에 전체적으로는 새겨들을 법한 충고도 제법 있었다. 그 말을 듣기 전까지는. 한 시간쯤 되었을 무렵, 이제 대략 마무리를 해야겠다는 생각이 든 할아버지는 확신에 찬 목소리로 힘주어 이야기했다.

"그러니까 어떤 일을 할지 고민이라는 거잖아."

"네. 생선구이집은 맞지 않는다고 하셨잖아요."

"외국에 나가면 대성할 팔자랬잖아."

"(긴장) 네."

"물은 부족해. 근데 태양이 가득하고 따뜻한 기후가 특히 잘 맞아."

"(침을 삼킨다.)"

"캘리포니아에 가서 세탁소를 차려. 어마어마하게 돈을 벌 거야."

"…"

그것은 내가 생선구이집을 차리는 일보다 더 비현실적인 일임이 분명했다. 가본 적 없지만 나는 분명 캘리포니아를 좋아할 것이고, 집안일 중에서 빨래를 가장 즐겨하긴 하지만 완전히 다른 이야기였다. 어쨌든 나의 진로는 철학관 선생님도, 날생선을 징그러워하는 아빠도 정할 수 있는 게 아니라는 것을 제대로 확인받았다. 어떤 사람은 그런 당연한 사실을 굳이 낯선 동네에 찾아가 5만 원을 내고 깨닫기도 한다. 내 머리가 딱히 좋은 편이 아니라는 사실도 함께….

나의 퇴사 날짜도, 신해수의 영업 종료일도 가까워지고 있었다. 정말 거짓말처럼 당장 무얼 해야 하는지 알 수 없는 상태로 출발선에 섰다. 우리는 이제 다소 허황된 꿈을 잠시 접어둬야 했다. 현실적으로 먹고살 문제를 고민해야 했다. 둘 다 사업 자금을 마련하기 위해 대출을 받았지만 그 돈을 이런저런 구상을 하며 생활비로 쓸 순 없었다. 숨만 쉬어도 돈이 드는 데다가 잘 먹여 살려야 하는 나와 고양이도 있었다.

결국 우리는 "그동안 해오던 일로 돈을 벌어보자. 무엇을 하고 싶은지 일단 일을 하고 돈을 벌면서 생각을 하자"는 결론에 도달했다. 도무지 적성에 맞지 않는다고 술잔을 기울이며 수도 없이 이야기했던, 웹디자인을 하고 로고를 만들며 인테리어를 하는 스튜디오를 열게 된 것이다. 그런데 이상하게 자꾸 웃음이 나왔다. 어쨌든 혼자는 아니었다.

그렇게 시작된 스튜디오가 어째서 지금은 주로 사진을 찍고 있는지, 부업으로 작은 빈티지 가게는 왜 하고 있는지, 아직 하지 못한 이야기들이 많지만, 중요한 건 틀어진 계획으로 우리가 지금 여기에 있다는 사실이다. 크고 작은 실수들 뒤엔 늘 예상치 못한 배움이 있었다. 말 못 할 고충도 뼈저린 교훈도 있었지만 이렇게 시작하지 않았다면 몰랐을 환희도 있었다. 멋이라고는 없는 시작이었지만 뒤를 돌아보면 그래도 틀리지 않은 방향으로 걸어오고 있다는 생각이 든다.

물론 지금도 엉망진창일 때가 많다. 처음 해보는 일이 수두룩하고, 해봤지만 여전히 어려운 일들의 세계에서 살고 있다. 그러니까 이건 그냥 내가, 나만이 할 수 있는 이야기다. 번듯한 성공담에서 얻을 수 있는 용기가 있듯 우스운 실패담만이 주는 안도가 있다고 믿는 내가 하는 이야기. 어쨌든 우리들은 생선을 굽거나 맥주를 따르는 대신 조리개를 조이거나 렌즈를 닦으며 오늘도 열심히 일하고 있다.

4

좋은 처음도, 나쁜 처음도, 미지근한 처음도, 많은 여운이 남는 처음도 있었다.

첫 홈페이지

첫 홈페이지를 만들 때는 막상 둘이 같이한 작업이 없어서 각자 따로 해온 일들을 주섬주섬 모아야 했다. 영 붙지 않는 것 같았지만 (함께하지 않았으니 당연하다) 어쩔 수 없었다. "그동안 각자 이런저런 일들을 해왔지만 의기투합해 새롭게 무언가를 해보려고 합니다"라는 어떤 기세를 보여주는 수밖에. 다행히 원하는 도메인은 아직 주인이 없었다. 여러모로 엉성했다. 그러나 홈페이지는 이제 막 출발하는 사람들의 등을 가볍게 밀어준다고 생각한다. 올릴 만한 작업이 없다 싶어도 만드는 것이 좋다. 주소를 선점하고 간단한 문구라도 걸어두면 준비가 되어 있다는 느낌을 준다.

첫 응원

나는 기억한다. 태연함과 뻔뻔함이 약간은 필요했다. 앞으로 어떻게 될지 하나도 모르겠지만, 사실은 어딘가 초조하고 불안하지만. 도메인과 짧은 글을 여기저기 올리자 생각보다 많은 응답을 받았다. 진심으로 응원을 해주신 분도, 별 생각 없이 지나가다 툭 달아주신 분도 있었겠지. 그땐 정말 많은 힘이 되었습니다.

첫 깨달음

웹, SNS 할 것 없이 여기저기 나의 에고를 조금씩 흩뿌리고 다녔던 것이 시간이 지나 스스로에게 어떤 방식으로 돌아오는지 알게 되었다. 물론 자의식의 조각들이 어디까지 흘러갈지 모르기에 무척 두려운 일이기도 하다. 하지만 이름을 걸고 회사를 연 사람의 시작에는 더없이 도움이 됐다. 나에 대해 기본적인 이해도가 있는 클라이언트의 의뢰는 소중하기 때문에. "잘 보고 있었어요" 하며 작업을 의뢰하거나 언젠가를 기약하는 분들을 만나면 일의 성사와는 별개로 커다란 동력을 얻었다. 되도록 어떤 사안에 대해 단정 지어 이야기하지 않으려 노력하는 사람이지만 소셜 네트워크 서비스에 있어선 조금 다른 태도를 취하고 싶다. 본인의 일을 하는 사람이라면 역시 적당히 사용하면 좋다고 생각한다. 드러내야 누군가가 나를 알게 된다. 우리도 타인을 그렇게 발견하니까. 물론 모두가 나를 좋아할 거란 생각은 하지 않는 게 좋다. 나에게 관심이나 호의를 보이는 사람은 아주 소수일 수 있다. 그렇지만 그 소수가 어떤 인연으로 다가올진 아무도 모르는 일이다.

첫 의뢰

두세 건이 거의 동시에 들어왔다. 우린 놀랄 수밖에 없었는데, 모두 사진 관련 작업들이었다. 디자이너로 사회생활을 시작하고 이어왔기 때문에 우리의 첫 홈페이지에 올린 포트폴리오는 대부분 디자인 작업이었는데도. 좋아해야 할지 슬퍼해야 할지 모를 일이었다. '싸이월드부터 블로그, 트위터, 인스타그램에 이르기까지 오랜 시간 수많은 사진을 올려댔기 때문에 나를 사진 찍는 사람으로 생각하나 보다'로 결론지었다. 지금도 그렇지만 당시는 더욱 소심한 사람이었던지라 꽤 난처했다. 전문가도 아닌 내가 이 일을 덥석 받아도 되는 건지… 실수 없이 잘 해낼 수 있을지… 나에게 일을 맡긴 걸 후회하게 되진 않을지… 걱정이 꼬리에 꼬리를 물었다. 기쁘면서도 망설여졌다. 만일 그때 들어오는 사진 관련 일들을 두려움에 모두 거절했다면 지금 어떤 모습으로 무슨 일을 하고 있을까. 작은 선택들과 결정들이 쌓여 예상하지 못한 방향으로 나아간다. 인생의 알 수 없는 부분이다.

첫 견적서

처음으로 견적서를 적어 보냈는데 당시 우리를 섭외했던 팀에서 연락이 왔다. 숫자를 잘못 적은 것이 아닌지 확인하려 전화를 건 것이었다. 그리고 정확히 그 두 배의 금액을 제시했다. 그렇게나 잘 몰랐다. 그때 고쳐주시지 않았다면 기준을 모른 채 한참을 더 헤매고 또 헤맸을지도 모른다. 아찔하다. 지금도 마음속으로 무척 감사드리고 있다. 내가 하는 노동의 가치를 제대로 책정하는 건 여전히 어려운 일이다. 그렇지만 스스로를 후려치거나 곤란해 하지 않으려고 노력하고 있다.

첫 출장

첫 출장은 그해 여름, 남해로 5성급 리조트를 촬영하러 가는 일이었다. 꽤 규모가 있는 프로젝트였다. 포트폴리오도 거의 없는 무명에 가까운 우리에게 연락이 온 것이 지금 생각해도 놀랍다. 6월의 남해는 무척 아름다웠고, 1박 가격이 어머어마한 회원제 프라이빗 리조트를 구석구석 촬영하고 볼 수 있는 흔치 않은 경험을 했지만, 사실 디테일한 기억은 잘 나지 않는다. 너무 긴장한 나머지 첫날 촬영 후 극심한 위경련이 찾아왔기 때문이다. 그 뒤로도 중요한 프로젝트를 앞두고 무리를 해서 응급실을 찾은 적이 두어 번 있다. 몸과 마음을 잘 관리하지 않으면 뭘 해도 오래가지 못 하겠구나 느낀 첫해이기도 했다.

첫 해외 출장

첫 해외 출장은 생각지도 못한 인도였는데, 인도 내에서도 GDP가 가장 낮은 가난하고 낙후된 지역이었다. 당연히 여성 인권이 없다시피 한 곳. 소녀들에게 망고나무를 선물하고 그 추출물로 화장품을 만들고 그 수익금으로 다시 망고나무를 선물하는 모 기업의 캠페인을 사진으로 자세하게 기록하는 일이었다. 일주일간 머물며 순간순간 예상치 못한 어떤 장면을 마주할 때마다 여러 가지 기분을 느꼈다. 무엇보다 내가 너무 한정된 아름다움 속에만 있었고, 계속 그 속에만 머물기를 원해왔다는 걸 깨달았다. 이렇게 이미지가 넘쳐나는 시대에 불필요한 장면들을 만들어내고 있지 않은가 언제나 고민이었다. 그렇지만 멀고 먼 비하르 주의 자무이에서 비로소 사진을 찍기 잘했다는 생각이 들었다. 그 생각을 여러 번, 힘을 주어 했다. 지금까지도 기억에 남는 특별한 프로젝트다.

첫 월급

예상은 했지만 첫 월급은 형편없었다. 벌어들인 돈이 수익이 아니라, 이것저것 떼고 또 이것저것을 내고 남는 돈이라는 걸 알게 됐다. 그 감각을 익히는 데 적지 않은 시간이 필요했다.

첫 직원

직원이 필요해지는 순간이 왔다. 업무량은 둘이서 커버할수 있는 범위를 넘어선지 오래였고, 무엇보다 결정의 순간이 올 때마다 난처했다. 나의 가장 오랜 친구가 생각났다. 동생이 합류하며 현재 가족 1명, 친구 1명, 개 한 마리와 일하고 있다. 가능한 한 오래 지켜졌으면 하는 조합이다.

첫 미팅을 하러 가던 길의 설렘, 첫 계약을 따냈을 때의 기쁨, 첫 실수 뒤에 따라오던 절망감과 부끄러움…. 수많은 처음들이 있었다는 건, 돌이켜보면 악의 없이 서툴렀고 의도와는 정반대로 엉망인 부분이 많았다는 이야기다. 기꺼이 일을 주고 노동의 대가를 주며 우리에게 믿음을 내어준 분들에게 이 자리를 빌려 감사를 드린다. 아직도 수많은 처음들이 우리에게 와서 부딪힌다. 피했으면 좋았을 일도, 언젠가는 맞서야 했을 일들도 있다. 어쨌든 잘 겪어내야 처음이 된다. 그래야 그다음이 있으니까. 시작이자 끝이 되지 않도록, 다가오는 출발들을 최선을 다해 마주하고 있다. 숙련된 내일을 만나고 싶어서 수많은 처음들을 넘는다.

5

좋아하는 영화 <소공녀>의 주인공 미소는 하루 한 잔의 위스키, 그리고 담배가 인생의 낙인 가사 도우미다. 월세가 올라 그렇지 않아도 빠듯한 생활비를 줄여야 하는 상황이 오자 미소는 집을 포기하고 친구들의 공간을 전전한다. 그리고 안쓰러운 혹은 한심한 눈길을 보내는 사람들에게 힘주어 말한다.

"집은 없어도 생각과 취향은 있어."

집을 포기하고 취향을 선택하는 삶. 터무니없이 들리지만 사실 이건 지금 현재를 살아가는 우리들이 늘 되뇌는 말일지도 모른다. 그 무엇보다 많은 것을 보고 듣지만 손에 잡히는 것이 없는 세대. 불행하게도 생각도 취향도 너무나 있는 젊은 친구들.

사업자 등록증이 하나 생겼고 우리에게도 일할 공간이 필요해졌다. 각자 퇴사와 폐업을 앞두고 서울의 수많은 카페에 신세를 졌다. 커피가 맛있는 곳, 디저트가 훌륭한 곳, 역사가 깊은 곳, 막 생겨나 모든 것이 새것인 곳, 의자가 예쁜 곳, 액자가 많은 곳, 식물을 잘 키우는 곳, 멋진 사람들이 찾는 곳, 사람들이 사진을 수천 장씩 찍어가는 곳, 분명히 나도 누군가의 사진에 배경으로 나왔을 것 같은 곳, 어딘가 긴장하게 되는 곳, 그저 녹아내릴 듯 편안한 곳…. 도장 깨듯 많은 곳을 다니다 보니 일하기 좋은 카페는 어쩔 수 없이 스타벅스라는 사실을 깨달았다. 그리고 언제까지나 스타벅스에서 일할 수 없다는 사실도.

그즈음 우리는 어떤 보험을 들기로 결정했다. 스튜디오와 작은 상점을 병행하기로 한 것이다. 나의 전 직장은 온라인 편집숍이었고 동료는 어쨌든 찾아오는 사람들에게 뭘 팔던 사람이니까 아주 새로운 일은 아니었다(라고 생각했다). 3개월에서 6개월 정도 일이 전혀 들어오지 않는다고 해도 지치지 않을 장치가 필요했다. 우리는 보호 장비가 없는 곳에 자발적으로 몸을 던졌고 이제 한동안은 회사로, 술집으로 돌아갈 수 없었으니까.

자연스럽게 조금 넓은 공간이 필요했다. 상점이란 무엇인가? 사전상 의미는 '일정한 시설을 갖추고 물건을 파는 곳'이다. 일정한 시설은 물론 매력적인 장식도 갖추고 있어야 하는 곳이다. 누군가를 매혹시켜 발걸음 하게 해야 하는 장소. 즉, 인테리어에 돈을 써야 한다는 이야기였다. 본격적으로 사무실 겸 상점이 될 만한 공간을 보러 다녔다.

여러 장소가 물망에 올랐다 사라졌다. 생각한 모든 곳을 전부 둘러보는 것에도 한계가 있었다. 고심 끝에 너무 들뜨지 않은 동네, 적어도 우리 둘에게는 익숙한 거리이면 좋겠다는 결론이 모아졌다. 그러면서 보증금과 월세는 너무 높지 않아야 했고, 평수는 적당해야 했고, 그러면서 빛이 잘 들면 좋겠고, 바닥이 반듯하고, 아주 낡아서도 안 되고… 정말 아무리 봐도 욕심이 가득한 기준들을 들고 다소 낯 뜨거운 마음으로 영원히 끝나지 않을 것 같은 사무실 찾기를 시작했다.

부동산을 다녀본 사람이라면 알 것이다. 마음에 드는 곳은 돈이 부족하고, 돈에 맞춰 둘러보기 시작하면 무언가는 확실하게 포기해야 한다. 게다가 15평 남짓의, 두 명 정도가 쓸 작업실 겸 상업 공간은 수요가 몹시 많았다. 즉, 비쌌다. 매일매일 실망과 절망을 수집했다. 낙담이 겹겹이 쌓이던 차에 생각지도 못한 동네의 부동산에 들렀다. 신해수가 운영하던 누하동의 펍에서 멀지 않은 곳이었지만 그동안 딱히 갈 일이 없던 곳이었다. 조각조각 잘게도 찢어져 있는 종로구의 여러 법정동 중 하나인 청운동이었다. 사무실 겸 작은 상점으로 쓰려고 하는데요, 보증금과 월세는 이 정도를 생각하고 있고요, 352번쯤 말한 멘트를 기대 없이 내뱉었다. 역시 딱히 기대 없이 사장님은 "조금 비싸지만 괜찮은 곳이 있는데…"라고 말했다.

왜 부동산 사장님들은 항상 제시한 예산보다 비싼 곳을 제안할까. 보통이면 어차피 뒤따라올 상심이 싫어 거절했을 텐데 그날은 별 생각 없이 사장님을 따라나섰고, 은행잎이 가득한 노란 길을 걸어 청운동의 이층집에 도착했다. 1층과 2층, 지하실이 있는 벽돌 양옥 건물. 작은 마당 겸 주차 공간이 있고, 마당엔 몇 그루의 나무가 있었다. 현관으로 들어서니 꽤 넓어 보이는 1층 공간에는 온기가 감돌고 있었다. 약간 낡은 나무 계단을 걸어 2층에 올라갔을 때 난 거의 실신할 지경이었다. 이곳이 너무 마음에 들었기 때문이다. 바라던 모든 것이 있었다. 정확히 우리 예상 월세의 2.5배였다는 것만 빼면. 이미 사무실을 운영하고 있는 친구를 찾아가 상담을 하기도 했고 제발 우리를 말려달라고 부탁하고 다녔으며 피와 살이 될 만한 현실적인 조언들을 들었지만 다들 이렇게 이야기했다.

"어차피 지금은 내 말이 들리지 않을 거야."

정말 그랬다. 우리는, 특히 나는 이 공간에 반해 제대로 된 판단을 내리기 힘들 정도였다. 이성적이고 계산적인 나의 동료마저 점점 고민을 하기 시작했다. 그 정도로 이 건물은 아름다웠다. 우리의 예산을 초과했을 뿐, 위치와 크기 대비 월세도 싼 편이었다. 고민 끝에 우리는 공간을 나눠 쓸 친구들을 구하는 쪽으로 계획을 변경했다. 공간을 나눠 쓴다면 꽤 저렴한 월세로 넓은 공간을 쓸 수 있겠다는 결론이 섰기 때문이었다. 워낙 좋은 공간이어 선지 함께 쓸 친구들을 금세 찾을 수 있었고 흔쾌히 이사를 결정해 준 친구들에겐 아직도 고맙다. 월세는 반으로 줄고, 근사한 건물이 첫 사무실이 되었으며, 함께 생활을 나눌 동료들도 늘어났다. 멋진 시작이었다.

다만 욕심이 화근이었다. 이 좋은 공간을 더 돋보이게 하고 싶다는 열망이 도를 넘어 우리의 대출금은 천장을 높였고 바닥을 뜯어냈다. 벽이 되었고 창틀이 되었다. 싱크대의 스테인리스 상판이 되고 책상이, 조명이, 파티션이 되었다. 할 게 너무 많았다. 철거를 하면 할수록 아찔해졌다. 운치 있는 낡은 건물이 가지고 있는 필연적인 단점은 보수가 만만치 않다는 점이다. 이건 정말 주제 넘게 너무 크고 좋은 공간을 빌린 대가였다. 가장 저렴한 재료로 최소한만 해도 할 것이 넘치고 돈이 부족했다. 어느 지점에선 무언가 잘못되었다는 생각이 언뜻 스쳤을지 모른다. 분명히 그랬을 것이다. 물론 무시했지만.

기초 공사와 기본 집기 제작을 대충 끝냈을 땐 상점을 열 만한 여유 자금이 바닥난 상태였다. 인테리어 관련 일을 하는 동료가 있다는 엄청난 장점에도 불구하고 그랬다. 이제는 진짜 일을 시작해야 했다. 당장 진열할 물건도 매대도 없었기 때문이다. 여기저기 상점을 열 거라고 말해둬서 없던 일로 하기도 머쓱했다. 일을 하나 따서 탁자를 제작하고 일을 두 개 따서 파티션을 만드는 웃지 못할 시기가 시작되었다. 프로젝트가 좀 들어오지 않아도 근근한 수입을 얻기 위해 상점을 병행하려고 했던 건데, 우리는 근근한 수입을 벌어다 이곳에 모두 쓰고 있었던 것이다. 돈을 버는 시간엔 준비에 매진하지 못하니 진행은 더뎠다. 정확히 일 년 반이 지나고 나서야 상점을 열 수 있었다.

사실 "함께 일을 하기로 했다"라고 주변에 말하는 순간 운이 좋게도 일이 끊이지 않고 들어왔다. 지켜봐왔던 사람도, 누군가의 소개를 받은 사람도, 우연히 홈페이지를 클릭했던 사람도 있었다. 정말 다행인 일이었다. 하지만 우리는 공간을 만들고 유지하는 데 상당한 시간과 비용을 써야 했다. 상상 이상으로. 그것이 이 스튜디오가 저지른 첫 착오였다. 그러나 창업하는 사람들에게 '사무실엔 1원도 들이지 말라'고 도시락을 싸들고 다니며 말하고 싶은 건 아니다. 나는 그 착오에서 아주 아름다운 기억과 인연들을 얻었기 때문이다.

신해수의 아기 강아지 한강이가 나무 계단을 오르내릴 때 우린 행복했다. 내가 선택한 동료들과 밥을 먹고 차를 마시고 동네를 산책하며 얻은 기운들. 어디서도 쉽게 얻기 힘든 종류의 안정감이었다. 완벽하진 않아도 작고 큰 모든 것에 나의 의도가 들어간 공간에서 일한다는 것. 돈을 버는 일은 여전히 고달프지만 적어도 일을 하는 내 몸과 마음을 원하는 곳에 놓아 보내는 하루하루들. 무엇보다 순수한 마음으로 온몸이 가득 차 있었다. 당시엔 모든 게 서툴러 돈도 많이 벌지 못했고, 때문에 여러모로 엉성했지만 무엇이든 해보려는 열의만큼은 넘쳐났다. 왜 그렇게까지 끌렸을까 싶었던 공간에서 하루하루 진심으로 인상 깊고 행복한 시간을 보냈다. 그런 시간은 인생에서 아주 잠깐밖에 없다. 분명하게 말할 수 있는 아주 귀한 경험이다.

또 값비싼 조명이나 가구는 하나 없었지만 사랑하는 공간의 일부가 상점이 되었을 때의 기쁨은 말로 잘 표현하지 못할 정도로 컸다. 우리가 첫눈에 반했던 그 풍경을 찾아와주시는 분들도 아름답고 의미 있다고 느낄 때. 내가 좋아하는 커다란 창 앞에 앉아 흔들리는 나뭇잎을 보며 차를 마시는 손님들을 볼 때. "여긴 정말 멋진 공간이에요"라는 말을 들을 때. 분명 보람과 행복에 가까운 감정을 느꼈다.

그리고 이유야 어쨌든, 일을 닥치는 대로 하다 보니 이런저런 포트폴리오를 금방 쌓을 수 있었다. '지금 잘하고 있는 걸까' '내가 생각하던 길이 맞을까' 같은 생각은 단 1초도 하지 않았다. 정말로 그런 생각을 할 겨를이 없었기 때문이다. 내가 가진 모든 시간과 자원을 풀가동하며 지내느라 불안이 잠식할 틈이 없었다.

그러나 그 어떤 좋은 기억과 경험과는 별개로 그곳은 우리 건물이 아니었다. 건물주의 건물이었다. 이 한마디 뒤에 어떤 마음이 있는지 월세를 내며 공간을 빌려본 사람이라면 알 것이다. 집은 없어도 생각과 취향은 있다는 미소의 말은 결국 생각과 취향은 있지만 집이 없다는 말이 되기도 하니까.

이런저런 속사정으로 우리는 2년 계약을 채우고 다른 곳으로 이사했다. 훨씬 규모를 줄였고, 최소한의 단장만 했다. 많은 것을 지불하고 얻은 교훈이었다. 하지만 그때로 돌아간다면 다른 선택을 할까?

창업 혹은 동업에 대해 묻는 사람들에게 조심스럽게 하는 대답이 있다. 글쎄, 나는 후회 안 해. 말 그대로 "나는" 후회하지 않는다는 뜻이다. 그 말은 상대방이 하지 말았으면 좋겠다는 뜻이 아니다. 적어도 나는 내 선택에서 많은 것을 얻었고 후회하지 않지만 타인에게도 유의미한 무언가가 될지 장담할 수 없어 권유도 할 수 없다는 말이다.

후회하지 않을 선택들. 그렇지만 누군가에게 권유할 수 없는 방식과 감각들. 아무리 생각해봐도 '행복하다' '행복하지 않다' 쉽게 잘라 말할 수 없는, 사실은 정말 정말 소중했던 시간들. 나는 여전히 현실적이지도 현명하지도 않아서 이렇게 애매모호하고 두리뭉실한 글을 써 내려간다. 청운동에서의 2년은 그렇게 말로 쉽게 설명하기 힘든 몹시 소중한 경험들로 남아 있다.

6

서울시 종로구에서 일을 하기로 결정한 건 순전히 나와 동업자 신해수의 개인적인 이유들 때문이었다. 첫 작업실을 찾기 위해 망원동, 상수동, 연희동, 연남동, 효창동 등을 부지런히 돌아보다가 둘 사이에 흐르는 미묘한 기운을 감지했다. 마지막 직장이 종로구 동숭동이었던 나와 종로구 누하동에서 와인을 팔던 신해수는 가능하다면 이 동네에 계속 남기로 했다. 아니, 남고 싶었다. 떠날 수 없는 크고 작은 이상한 이유들을 말하며 서로에게 관대한 이해를 베풀었다.

예를 들면 종로구에서 선배들과 코가 삐뚤어지게 술을 마시던 기억이라든가, 학교가 너무 가기 싫어 충동적으로 버스에서 내려 숨어들던 파파이스가 아직도 종로구에 있다는 점이라든가. 사실은 새로운 시작을 앞두고 익숙한 곳을 떠나는 게 두려웠을 것이다. 빠듯한 예산으로 종로구의 17개 행정동, 87개 법정동을 뒤졌다.

우리는 여전히 종로구에 있고 7년간 작업실을 세 번 옮겼다. 이사만큼 나라는 사람이 가지고 있는 혹은 운용 가능한 경제 규모를 객관적으로 돌아보게 되는 인생의 이벤트도 드물다. 물론 그만큼 배우는 것도 많다.

청운동 작업실, 2층 양옥집의 1층

: 보증금 5,000만 원, 월세 260만 원, 친구들과 쉐어

여러 동네를 돌다 지쳐 있을 때쯤 나타난 매물이었다. 청운동은 광화문, 시청과 비교적 가까우면서도 개발이 제한된 지역이라 신축 건물이 드물고 조용했다. 그 고요함이 마음에 들었다. 보증금과 월세가 우리의 예산을 훨씬 넘어섰지만 동네 시세에 비하면 넓고 무엇보다 아름다운 공간을 발견한 날, 친구들을 설득해 1층과 2층을 나눠 쓰기로 했다.

우리의 초기 자금이 여기서 많이 사라졌다. 이 공간을 얻고 고치며 머무는 과정에서 많은 걸 배웠고 그 교훈들을 3단 접지 리플릿으로 만들어 배포할 수도 있다. 공간을 고를 때 가장 우선순위는 건물주의 인격이 되어야 한다는 점이나 굳이 인테리어에 돈을 들일 거라면 바닥이나 벽에 들이는 비용을 최소화하고 옮겨 다니면서도 사용할 수 있는 집기를 제작하는 게 좋다는 것, 낡은 집에 대한 로망을 가지고 있다면 툭하면 나가는 수리 비용을 고려할 넉넉한 잔고도 함께 가지고 있어야 한다는 것, 나무가 많으면 벌레도 많다는 것, 조용한 동네도 좋지만 주변에 밥집이 많아 나쁠 게 없다는 것 등등. 사실 공간은 더할 나위 없이 멋졌지만 우리의 상황이 여러모로 안 좋았고 그 상황 속에서 나쁜 판단을 내리기도 했다.

그래도 그 붉은 벽돌 양옥집을 떠올리면 후회보다는 아련한 기분이 든다. 당시의 엉성함과 어리석음, 설렘, 어떻게든 해보겠다는 나름의 결연한 마음가짐들, 고민과 기쁨과 슬픔을 함께해준 친구들의 따뜻함. 모두 지나간 일들이기 때문이겠지만 여러 추억들이 얽히고설켜 결국은 그리움으로 나를 데려간다. 우리는 2년을 채우고 통의동으로 이사했다. 함께 쓰던 친구들의 사정으로 2층이 곧 비워질 예정이기도 했지만 공간을 빌려 쓰는 과정에서 일어난 집주인의 무례한 언사와 부당한 방식에 지쳐 있었기 때문이다.

통의동 작업실, 3층
: 보증금 1,600만 원, 월세 160만 원, 관리비 10만 원
마침 설계사무소 '서가 건축'이 당시 쓰고 있던 사무실을 내놓을 예정이라는 정보를 듣게 되었다. 서가 건축이 있던 곳은 거리 하나로 창성동과 통의동으로 나뉘는 자리로 조금만 걸으면 영추문이 있고 산책하기 좋은 효자동 삼거리가 있었다. 학생 때부터 드나들던 카페 'mk2'가 맞은편에 있고 '갤러리 팩토리' '온 그라운드' 같은 작은 갤러리가 늘어서 있는 이 거리는 우리에게 가장 익숙하면서도 애정 어린 곳이었다. 이 '서가 건축'의 사무실은 신해수가 선배들과 함께 모형을 만들거나 설계를 돕는 등의 아르바이트를 종종 하던 장소이기도 했다. 크게 고민할 이유 없이 이사를 결정했다. 이사하던 날 나는 계약과 계약 사이 지쳐 있는 신해수에게 "아르바이트 하던 장소에 사장으로 들어오다니, 자네 참 출세했네!"라는 농담을 건넸다. 청운동 작업실에 비해 규모가 좀 작아졌지만 설계사무소가 쓰고 있던 공간답게 이미 구획이 잘 나눠져 있었다.

우리는 청운동에서 배운 일련의 경험들을 이리저리 풀어
냈다. 돈을 많이 들이지 않으려 벽과 바닥은 가능한 직접 칠하고 쓰
던 집기를 가져왔다. 안쪽의 작은 방 두 개를 작업 공간으로 쓰고
나머지 공간을 상점으로 쓰기로 했다. 공간을 좀 더 명확하게 나눠
주면서도 포인트가 될 만한 재질로 가볍고 저렴하며 철거하기 좋
은 폴리카보네이트(높은 강도와 내열성을 가지고 있어 건축 소재로도
많이 쓰이는 플라스틱. 유연성과 가공성이 우수하며 반투명한 재질이 특
징이다.)를 골랐다. 살짝 작은 듯하면서도 사실 우리에게 딱 알맞
은 규모였다.

작업실과 상점이 1층에서 3층으로 올라가는 경험은 많은
것을 바꿔놓았다. 접근성은 다소 떨어졌지만 탁 트인 창밖으로는
인왕산이 보였다. 많은 돈을 들이진 않았지만 위치가 워낙 좋은 덕
에 상점에 오는 손님들도 부쩍 많아졌다. 청운동에서 나눠 부담하
던 월세와 월 주차비, 건물 관리비를 도합 하면 만만치 않은 비용
이었지만 갤러리와 서점, 카페, 음식점, 무엇보다 궁이 가까운 환
경은 확실히 일상이 풍성해지는 데 한몫을 했다.

아래층엔 아티스트 북과 독립출판물을 취급하는 서점 '더 북 소사이어티'가 있었는데, 계단을 오르내릴 때 나는 책이 많은 공간 특유의 종이 냄새를 좋아했다. 날씨가 근사하면 할 일을 좀 미뤄두고 산책을 했다. 그럴 수밖에 없는 동네였다. 여유가 있는 날이면 경복궁을 끼고 크게 돌았다. 청와대로를 걸어 삼청동을 지나는 코스로 강아지 택수가 천천히 모든 냄새를 맡게 내버려두며 걸으면 한 시간 정도가 걸리는 긴 산책이었다. 돌담 위에 드리워지는 나무 그늘, 오래된 미술관과 궁이 주는 정취, 그곳을 걷는 서울 멋쟁이들을 구경하는 재미. 그렇게 매일 짧거나 길게 걷다 보니 반갑게 인사를 나눌 수 있는 이웃들도 많이 생겼다. 친구들이 찾아오면 서울에서 가장 사랑하는 레스토랑 '두오모'에 함께 갔다.

내가 좋아하는 동네, 애정을 가지고 있는 거리에서 일하는 경험은 비용을 지불하면서 충분히 해볼 만하다는 것을 종로구에서 깨달았다. 청운동에서의 생활에선 고요한 넓음과 운치가 있었다면 통의동은 좀 복작거리면서도 활기가 있었다. 스튜디오와 상점 모두 백 퍼센트 만족할 순 없어도 어느 정도 모양새를 갖춰 열심히 돌아가고 있었고 몰려오는 일들을 받아 열심히 일하다 보니 새로운 멤버도 생기고 짐도 늘어났다.

작은 공간에서 소화할 수 있는 일의 한계가 있었다. 업무 영역과 상점 외에는 따로 남는 공간이 없다 보니, 촬영을 하려면 상점 운영 시간이 끝난 뒤 넓은 카운터 위에 이동형 스탠드와 수평 바를 설치하고 배경지를 건 뒤 촬영을 하고 끝나면 다시 접어두어야 했는데 그 과정이 무척 성가셨다. 여러 장비들을 보관하는 일도 점점 곤혹스러웠다. 가끔 팝업 행사를 열기라도 하면 협소한 공간 때문에 문밖 계단까지 손님들이 줄을 서기도 했다. 통의동 3층에서의 생활에 아주 만족하고 있었지만 필연적으로 더 넓은 공간이 필요해진 순간이 온 것이다.

연건동 작업실, 4층
: 보증금 2,000만 원, 월세 240만 원, 관리비 24만 원, 친구들과 쉐어
짐도 넉넉하게 보관하면서 촬영 장비를 항상 펼쳐두고 촬영을 할 수 있는 좀 더 넓은 공간을 찾기 위해 근처의 매물부터 알아보았지만 주변의 시세가 만만치 않았다. 나에게 좋은 환경은 모든 사람에게 좋은 환경인 셈이니 당연했다. 어쩔 수 없이 조금 반경을 넓혀 고민을 하게 되었다. 주변에서 중심으로, 다시 중심에서 주변으로 가게 된 것이다.

우리는 봄과 가을, 1년에 두 번 종로구 연건동에서 열리는 소상공인들의 마켓인 '춘우장'과 '만추장'에 정기적으로 참여하고 있었는데 마침 그해의 춘우장에 참여했다가 라이프스타일 숍 'TWL'과 스튜디오 'fnt'를 운영하고 계신 김희선 실장님에게 반가운 소식을 듣게 되었다. 매년 춘우장과 만추장이 열리고 있는 건물의 4층이 비어 있다는 이야기였다. 창덕궁과 대학로 사이에 있는 이 작지만 단단한 건물의 이름은 '토토빌딩'으로 이미 매년 방문하고 있기에 익숙했다. 오다가다 눈인사를 건네는 사람들, 잘 모르지만 이름은 알고 있는 사람들이 층층마다 입주해 있다는 걸 알고 있었기에 관심이 생겼다. 당시 우리는 좀 더 넓은 공간을 사용하면서 월세를 절감하기 위해 작업실을 함께 사용할 만한 친구들을 물색하고 있었는데, 마침 마켓에 놀러 왔다가 우리 부스 앞에서 이야기를 나누고 있던 그래픽 디자이너 김지연과 인테리어 디자이너 이병익이 함께 운명처럼 비어 있는 4층을 둘러보게 되었다. 입구에는 이 건물이 1988년에 지어졌다는 것을 알 수 있는 머릿돌이 걸려 있었는데 오래되었지만 구석구석 잘 관리된 건물 특유의 조용한 낡음이 묻어났다. 가파른 계단을 한참 오르다 문을 여니 칸막이 하나 없는 넓고 반듯한 공간이 한눈에 드러났는데 이곳으로 오게 되겠구나 하는 예감이 들었다. 건물 앞에 가로수들이 있어 창문 밖은 10월의 노란 나뭇잎으로 가득했다.

짧은 시간 동안 경험한 두 번의 이사는 생각보다 많은 도움이 되어서 이것저것 면밀하게 계획을 세울 수 있었다. 월세 인상 폭이 높지 않고 개발 여지가 없는 안정적인 매물일지, 우리가 얼마나 지낼 수 있는지, 그렇다면 어느 정도 비용을 들여 이곳을 고쳐 사용하고 몇 년 이상 지내야 그 비용이 아깝지 않을지를 가장 먼저 고민했다. 지하 1층부터 6층까지 있는 커다란 건물이다 보니 먼저 입주하고 있는 분들에게 건물에 대한 정보를 들을 수 있었다. 관리비가 있지만 덕분에 깨끗하고 쾌적하며 주차가 가능하다는 점, 주변에 대학교와 회사가 있어 병원과 편의점, 프랜차이즈 커피숍 등의 편의 시설이 많다는 점, 창문이 많아 겨울에는 춥고 여름에는 덥다는 점. 여러 면을 검토해 이번에는 비용을 들여 고치되 이 건물에서 가능한 오래 지내기로 결론을 내리고 그해 11월에 통의동에서의 짐을 정리하고 이사를 했다. 편리한 부분도, 예전에 비해 아쉬운 부분도 있지만 결론적으로는 통의동에서보다 훨씬 넓은 공간을 사용하면서도 고정 지출 비용을 절감하며 지내고 있다.

연건동 토토빌딩에서의 생활은 3년 가까이 지났고 대체적으로 만족스럽다. 넉넉한 촬영 공간이 생겼고 그 공간을 기반으로 할 수 있는 작업들도 늘어났다. 친구들과 공간을 나눠 쓰면서 매일 출근하는 사무실의 강아지가 한 마리 더 늘어났고 가끔은 협업을 하기 위해 아래층의 문을, 옆방의 문을 두드리기도 한다. 또 함께 작업실을 쓰며 매일 마주치는 친구들, 계단을 오르내리며 인사를 나누는 업계의 이웃들과의 유대감은 생각보다 큰 위안을 준다.

이를테면 마을보다도 더 작은 단위의 공동체 느낌인데 특별히 시간을 내서 만나지는 않지만 잠시 멈춰 안부를 나누거나 주변의 맛있는 음식점을 공유하는 것만으로 어떤 종류의 활력이 생긴다. 저녁 늦게 퇴근할 때 올려다보면 불이 켜져 있는 2층이나 5층을 보면서 다들 열심히 하고 있구나 하고 조용히 응원을 보내는 마음 같은 것. 작은 사업체를 운영하면서 느끼는 피로함과 뻐근함에 대해 굳이 서로를 붙들고 장황하게 떠들지 않아도 알고 있기 때문이겠다. 엘리베이터가 없기 때문에 4층까지 오르내리느라 실제로 종아리나 허리도 뻐근해진다.

스튜디오의 규모와 여건, 때로는 외부적인 상황에 따라 작업하는 공간은 늘어나거나 줄어들고 위로 높아지기도 했다. 운이 좋아 처음부터 알맞은 곳을 찾아 안정적으로 쭉 있었다면 어땠을까 생각해보기도 하지만 이리 움직이고 저리 움직이며 거듭 생기는 노하우가 있었고 매번 다르게 받는 자극이 있었다. 서울의 임대료는 언제나 부담스럽고 원하는 조건을 모두 맞출 수는 없었기 때문에 100퍼센트 만족스러운 공간을 만나는 건 지금도 앞으로도 요원한 일이다. 다만 확실한 건 이동과 고민을 거듭할수록 일하는 환경을 꾸리는 감각은 성장한다는 것이다. 때로는 직관 속에서, 때로는 제약과 경험 안에서. 열심히 돈을 버는 것만큼 중요한 건 나를 계속해서 좀 더 나은 방으로 안내하는 일이라고 믿는다.

마지막으로 내가 지금 일하며 지내는 작업실이 있는 토토 빌딩을 늘 단정하게 유지해주시는 이순신 선생님께서 보내주신 안부 메일 중 일부를 덧붙여본다. 나는 언제나 이분을 보며 직업인의 기품과 다른 사람에게 베풀 수 있는 호의의 한계에 대해 생각한다. 배울 점이 있는 타인이 내 일상의 좋은 배경이 된다.

"지난 목요일 아침 청소할 때에 현관문 앞에서 보고 싶던 택수를 만나 명랑한 모습이 너무 반갑고 기뻤었는데 반가워하는 우리 택수에게 일에 열중한 나머지 할아버지 바빠요 하고 아무 생각 없이 택수께 한 말이 생각나 제 마음이 아렸했었습니다. 말을 다 알아듣는 택수인데 얼마나 속상했겠는지요. 택수께 정말 미안하다고 꼭 전해주셔요. (중략) 식사 꼭꼭 챙겨드시고 귀하신 분들 항상 건강하십시오. 계획하신 모든 사항 다 이루실 줄 기대합니다. 감사합니다."

작은 상점 만들기 –
순환하는 물건들을 바라보며

7

여행 계획은 느슨하게 짜는 편이지만 그 나라의 플리마켓과 세컨드 핸즈 숍에는 꼭 들린다. 일주일에 한 번 혹은 한 달에 한 번 열리는 큰 플리마켓 일정을 체크해 가능하다면 머물게 되는 날짜를 걸쳐둔다. 구글맵에 크고 작은 숍을 표시해두고 둘러보는 데에 일정의 일부를 할애한다. 나의 취미, 지금은 직업과 어느 정도 연계되어 있는 습관은 9년 전 베를린과 헬싱키에서의 경험이 큰 영향을 주었다.

독일을 처음 방문했을 때는 마침 베를린이 가장 아름다운 계절이었다. 태양은 여기저기 길게 그림자를 새기고 반짝이는 것들을 더 반짝이게 했다. 그늘지지 않은 곳엔 어김없이 사람들이 있었다. 햇빛과 풀밭이 함께 있는 곳이면 말할 것도 없었다. 거리낌 없이 엎드려서 혹은 누워서 일광욕을 하는 사람들. 긴 겨울을 나는 나라다웠다. 이 시기에 온몸 가득히 빛을 흡수해 저장해두는 듯했다. 마치 여름을 다시 만나지 못할 것처럼.

마우어 파크(Mauer Park) 플리마켓을 찾은 일요일은 꽤 많은 상점이 문을 닫는 날이었는데 '그렇다면 이곳으로 모이지'라는 마음으로 다들 작정하고 모인 게 아닐까 싶을 정도로 사람이 많았다. 규모는 압도적이었고 사고 팔고 걷고 노래하고 춤추고 먹고 마시는 사람들에게서는 폭발적인 생명력이 뿜어져 나왔다.

판매되는 물건들의 면면도 내게는 흥미로웠다. 그동안 들렀던 여러 나라의 빈티지 마켓과는 약간 다른 모습이었다. 그저 오래되었을 뿐이거나 바스러지기 직전인 골동품이거나 아름답고 특색 있지만 쓰임이 불분명하고 현재 나의 생활과 맞물려 작동하기 어려운 물건들이 아니었다. 혹은 무슨무슨 세기의 아트 피스나 디자이너 가구가 주를 이루지도 않았다. 평범한 의자나 식탁, 스탠드, 입던 옷과 에코백, 사용감이 조금씩 있는 그릇, 낡은 LP와 책 등 대체로 아주 생활과 맞닿아 있는 실용적인 물건이 대다수였다. 나를 이곳으로 데려온 유학생 부부는 일요일이면 이곳에서 쓸 만한 가구를 찾아 자리를 찾아주는 것이 신혼의 즐거움이었다고 했다.

공원을 채우고 있는 사람들도 유심히 보았다. 사람이 많이 모여드는 곳엔 사고팔기를 전문적으로 하는 이들도 흘러들어 오기 마련이라 노련한 상인들도 눈에 띄었다. 그렇긴 해도 대부분은 그런 의도보단 '살 게 있으면 사고 아니면 먹고 마시고 드러눕고'의 마음가짐으로 가볍게 들리는 사람들이 많아 보였다. 매주 열리는 이 마켓에서는 누군가 쓰던 물건을 고르는 일이 일상과 밀접하게 관계 맺고 있었다. 합리적인 가격으로 쓰임새 있는 물건들이 순환하고 있구나. 수명을 다했다고 여겨져 쉽게 버려지거나 외면받지 않는 장소였다. 사물을 대하는 태도에 변화가 일어나는 순간이었다.

다음으로 들리게 된 도시는 헬싱키였다. 이 나라 사람들이 중고 물건을 다루는 방식이 궁금했다. 머무는 시간이 짧아 유명한 히에타라하티(Hietalahdentori) 플리마켓에는 가지 못했다. 대신 크고 작은 중고숍과 아웃렛을 돌아보기로 했다. 미리 찾아본 바로는 핀란드는 검소한 국민성 때문인지 중고 제품 판매 시스템이 잘 자리 잡은 나라였다. 매주 마켓이 열리는 것은 물론이고 다양한 세컨드 핸즈 숍이 있었다. 오로지 아르텍(artek) 중고품만 파는 숍이 있을 정도였다. 운이 좋다면 유명 건축가나 디자이너가 만든 제품을 멋진 가격에 만날 수 있었다.

둘러보니 확실히 좀 더 '셀렉트'에 중점을 둔 세련되고 정돈된 모습이었다. 규모는 다양했지만 대부분의 가게들이 세컨드 핸즈 물건을 모아놓았다기보다 작은 갤러리 혹은 예술가의 오픈 스튜디오처럼 느껴졌다. 여러 사람을 거친 물건들을 파는 곳에서 이런 감도와 쾌적함을 제공할 수 있구나. 최소 면적에 최대치의 물건들이 쌓여 있거나 뒤섞여 있어 마음에 드는 것을 찾기 위해 한참의 시간을 할애해야 하는 마켓에서의 구매 방식과는 달랐다. 같은 중고품, 예를 들면 같은 아라비아 핀란드의 찻잔을 취급해도 상점마다 각자 다른 분위기를 갖고 있었다. 셀러의 취향이 판매하는 물건을 넘어 공간 이곳저곳에 드러나 있는 것이다. 나는 곧 중고품을 사러 다니기보다는 중고품을 고르고 판매하는 상점 자체를 보고 싶어 돌아다니게 되었다.

아쉬웠던 건 크기와 만만치 않은 배송비, 절차상의 어려움으로 한국으로 가져올 수 있는 물건이 적었다는 점이다. 아주 못 해 낼 일은 아니었지만 이전에 1960년대에 만들어진 조명을 구매해 한국으로 보냈다가 이곳저곳 찌그러진 상태로 받은 경험이 있던 나는 포기가 좀 더 빨랐다. 그때의 아쉬움은 "상점을 운영한다면 어느 정도 크기의 물건을 팔 것인가"에 대한 좋은 기준이 되었다. 여행자가 기념으로 무언가를 구매하고 싶을 때 부담 없이 캐리어에 넣어 가져갈 수 있을 만한 크기와 무게와 재질. 당연한 이야기지만 이런 식의 자신만의 기준은 때로는 가게의 큰 기조가 된다. 이를테면 나의 동료는 펍을 운영할 당시 '10만 원을 들고 와서 와인 3병을 고를 수 있는 부담 없는 술집'이 모토였고 실제로 합리적인 가격대의 와인을 제공했다. 가벼운 지갑으로도 잔뜩 술을 먹고 싶어 하는 본인의 의지가 잘 드러나 있었다.

서울로 돌아와 시간이 날 때마다 정기적/비정기적으로 열리는 플리마켓을 찾아가 보았다. 정기적으로 열리는 곳은 주로 황학동이나 양재동 등에서 열리는 '벼룩시장'이었다. 철 지난 옷이나 장식품을 아주 싼 가격에 처분하기 위한 목적이 커 보였다. 때로는 먼지 쌓인 기이한 물건들을 헐값에 가져가라고 떠미는 분들도 있었다. 확실히 독특한 분위기가 있었지만 뭐랄까, 조금 피로감이 몰려왔다. 가져와서 다시 잘 쓸 수 있는 물건을 찾기는 힘들어 보였다. 또 다른 플리마켓은 몇몇 사람들이 모여 자신의 애장품을 판매하는 형태였다. 물건 하나하나의 퀄리티가 상당했다. 운이 좋거나 셀러의 취향과 나의 취향이 일치할 경우 마음에 꼭 드는 물건을 찾을 수 있었지만 대부분이 한시적으로 열리는 이벤트였다.

조금씩 그런 생각이 들었다. 마우어 파크처럼 혹은 헬싱키의 세컨드 핸즈 숍처럼 매주 찾을 수 있는 마켓이 있으면 좋을 텐데. 산더미 같은 물건들을 뒤집어가며 고르는 수고 없이 누군가의 안목으로 선별되어 잘 관리된 상태로 진열되면 더욱 좋겠다. 그러면서 단지 오래되고 독특하기만 한 물건들이 아니라 실생활에서 쓰임새가 좋은 물건들이었으면 했다. 그리고 중고품에도 각 나라의 미감이 반영되기 마련이니 무국적 상태의 정체 모를 소품들보다는 동아시아에서 만나볼 수 있을 법한 물건들이면 어떨까? 내가 한국을 찾게 된 여행자라면, 이 도시를 기억할 수 있는 어떤 물건을 사고 싶다면. 아주 조금씩 조금씩 뼈대에 살을 붙여가게 되었다.

몇 년 후, 겨울에 다시 마우어 파크를 찾을 기회가 있었는데 비가 추적추적 내리는 음침한 날씨 때문인지 무언가를 팔러 온 사람도 사러 온 사람도 거의 없었다. 예전 그 생명력 넘치던 장소라고는 생각하기 힘들 정도로. "여름과 겨울의 베를린은 거의 다른 도시야." 독일 친구가 흘리듯 했던 말을 몇 년 후 1월의 내가 체감하고 있었다. 정기적이긴 해도 베를린의 플리마켓은 계절과 날씨를 많이 타는구나. 확실히 야외에서는 일관된 컨디션으로 물건을 팔기에는 무리가 있겠다는 생각을 했다.

또 몇 년 후 여름, 다시 베를린에 갈 일이 있어 플리마켓을 찾았다. 전체적인 활기는 비슷했으나 직접 쓰던 물건을 들고 나와 팔기보다는 신진 디자이너들의 부스 비율이 높아 보였다. 직접 만들거나 디자인한 물건을 선보이고 판매하는 장소로도 기능하는 듯했다. 특별히 의미가 퇴색되거나 하진 않아 보였지만 어쩐지 나로선 아쉬운 일이었다. 그 뒤로도 여행을 갈 기회가 생기면 플리마켓부터 찾았다. 도쿄, 시드니, 방콕, 코펜하겐, 밀라노, 라이프치히….

내가 스튜디오와 중고 잡화점을 병행하게 된 건 그 후로도 꽤 시간이 지난 후의 일이다. 사실 매일매일 열렬히 꿈꾸던 일은 아니었다. 그렇지만 오래전의 경험들이 언제나 내 주변 어딘가에 서성이고 있었다. 말하자면 언젠가부터 내 안에 작은 종자를 심어두고 있었던 셈이다. 그 후의 모든 체험들은 의도하든 그렇지 않든 이 작은 근원을 싹트고 성장하게 했다. 정말 무얼 원하는지 구체적으로 검증할 수 있었고 인식을 바꿀 수 있는 계기들을 예기치 못했던 길목에서 만났다. 그렇게 의지와 상상을 메마르게 두지 않으면 그 씨앗은 어느새 성큼 현실이 되어 다가오기도 하는 것이다.

8

서울에서 상점을 한다는 것은 사실 운영한다기보다는 지켜나가는 것에 가깝다. 꼭 서울에 한정된 이야기는 아닐 것이다. 어쨌든 의뢰받은 일을 수행하는 것과 조금 다른 방식으로 고단하다. 원래 생계와 연결된 모든 일들이 그렇다고 생각은 한다. 그러나 굳이 이 두 가지 활동을 병행하며 이어가게 하는 보람이 몇 가지 있다. 아주 작고 사소하다. 예를 들면 뭐가 있을까. 오로지 우리만의 기호가 녹아든 공간을 누군가가 기꺼이 시간을 내어 찾아준다는 것 자체가 아닐까. 스튜디오 업무 영역 내에서는 일을 맡긴 누군가의 취향을 의식하지 않고 무언가를 내보이는 순간이 거의 없다. 하지만 이 상점은 우리 스스로가 클라이언트이자 수행자인 셈이다. 타인의 의사를 굳이 물어볼 필요는 없다. 누군가의 의뢰와 신뢰를 기반으로 시작하고 움직여야 하는 클라이언트와의 업무에서는 느낄 수 없는 재미가 분명하게 있다. 아주 단편적이고 주관적인 기준으로 고른 사물들을 좋아해주시는 모습을 볼 때면 여전히 신기하고 놀랍다. 우리의 큰 동력이다. 그래서 이 상점에서 일어나는 모든 활동은 현실적으로 말하자면 부업이고 약간 감상적으로 말하자면 기쁨이고 보람이다.

큰 관심 없이 방문하셔서서 휙 둘러보고 가시는 분들도 있다. 사실 그래도 상관은 없다고 생각한다. 그런데 사물 하나하나를 아주 오래 들여다봐주는 분들을 간혹 만난다. 조심스럽게 들어 올려 모양과 색을 꼼꼼하게 살피는 손님. 자신 혹은 자신의 공간과 어떻게 어울릴지 상상하는 그 작은 의식들. 그럴 때는 방해가 되고 싶지 않아 나의 존재를 최대한 지우고 싶다. 음악이 너무 크다면 볼륨을 살짝 줄이기도 한다. 동료는 그런 순간이 오면 손님께서 꼭 무언가를 사서 나가지 않아도 다른 무언가가 채워지는 기분이라고 했다. 나 같은 경우는 스스로가 어떤 마음가짐으로 물건을 들이는지 새롭게 생각해보는 계기가 됐다. 홀쩍 잘 반하는 편인 데다가 성격도 급한 나는 뭔가를 사는데 딱히 신중함을 기하지 않는 편이다. 그런 소비가 몇 번 이어지면 방은 각자 존재감을 뽐낼 뿐 서로 어울리지 않는 물건들로 채워졌다. 사고 나서 금세 질린 물건들로 채워진 방이나 사무실 책상을 보고 있자면 성급함과 무책임함이 박제된 박물관처럼 느껴졌다.

구입 이후의 사용기를 종종 검색해보기도 한다. 누군가의 집으로, 회사로, 또 다른 상점으로 간 물건들은 이곳에 있을 때와는 다른 모습으로 자리를 잡는다. 그럴 때마다 물건의 수명과 인연에 대해 생각하게 된다. 여러 명의 손과 손을 거쳐 또다시 완전히 새로운 삶을 찾아간 것이다. 때로는 상점이 이 물건들이 은신처를 찾기 전에 잠시 머무는 정류장처럼 여겨지기도 한다. 여기까지 흘러들어 오기까지 나름의 역사가 있을 테지만 알 수 없다. 우리는 그저 이 물건의 미래를 상상하며 가져와 잘 닦고 다듬어 배웅하는 것에 그칠 뿐이다.

중고품을 취급하다 보면 종종 꽤 오래전, 그러니까 몇 십 년 전이나 한 세기 전의 물건들을 맞이하게 될 때가 있다. 그럴 때면 동료인 신해수의 어머님 도움을 받는다. 언제쯤 태어난 물건인지, 어떻게 다루어야 하는지, 용도는 무엇인지…. 다도를 오래 해오신 어머님의 안목과 지혜에 많은 부분 기대고 있다. 이렇게 긴 세월을 간직한 물건들에는 어딜 봐도 낡았지만 단단하게 제 형태와 빛깔을 지켜온 장함이 있다. 애초에 정교하게 만들어져야 가능한 일이다. 그리고 무엇보다 아주 저 먼 옛날과 지금의 미감이 이어진다고 느껴질 때 생겨나는 작은 짜릿함이 있다. 과거와 현재가 연동되는 아름다움.

입장이 바뀌고 나서야 비로소 얻는 배움도 있다. 내가 손님으로 어딘가를 방문했을 때 구매를 하지 않았다면 조용히 사라지는 것이 예의라고 생각했던 적이 있다. 마치 애초에 들어오지 않았던 사람처럼. 이제는 문을 나설 때 "잘 봤습니다"라고 가볍게 인사를 건넨다. 우리 상점을 찾아주셨던 손님들에게 배운 작은 습관이다. 그 짧은 한마디로 기분이 좋아질 수 있다는 것을 깨달았다. 당연한 데도 알지 못했다. 정중한 손님에게는 행동의 결을 배운다면 의외로 무례한 손님에게 배우는 것도 있다. 좋은 손님들만 오는 상점은 약간 유니콘 같은 존재일지도 모른다. 상상 속에서나 있다는 뜻이다. 구체적으로 쓰고 싶진 않지만 "저러지 말아야겠다"라고 머리에 깊게 새겨지는 행동들이 있고 내가 다시 어딘가에서 손님이 되었을 때 실수하지 않도록 명심하려고 한다.

물건을 진열하고 판매하는 것은 우리지만 차합이나 찻잔을 사러 오시는 손님 중엔 다도에 대해 정통하게 알고 계시는 분이 있고, 화병을 사러 오시는 손님 중에는 꽃에 대해 해박한 지식을 가지고 계신 분도 있다. 그럴 때 상점은 배움의 장소로 변한다. 단편적으로는 자잘한 사용 방법이나 에피소드에서부터 깊게는 한 물건의 세계관 같은 것도 새롭게 알게 된다.

아주 간혹이지만 일로 연결되기도 한다. 상점을 하지 않았다면 이렇게 다양한 분들과 마주칠 기회가 없었을 것이다. 불특정 다수와 이야기하는 것을 즐기는 편은 아니지만 이 안에서는 아무래도 화제와 관심사가 좁혀진다. 의도하지는 않았지만 결국 사람과 사람이 얼굴을 맞대고 스치는 오프라인 공간은 때로는 교류의 장소가 되기도 하는 것이다. 그런 의미에서 고정된 몇 평의 땅이지만 상점이 움직이고 있다고 느껴진다. 혹은 가만히 있으면서도 나를 어디론가 안내하는 것처럼 느껴진다.

이렇게 여러 장면들이 모이면 무언가를 팔면서 오히려 받거나 배우고 있다고 느낀다. 손님의 반대편에 있어야 마침내 깨닫게 된다. 운영하는 공간이 생기고 난 뒤 지금은 없는 공간들을 종종 떠올릴 때가 있다. 카레가 유독 맛있었던 서교동의 카페, 트러플 오일의 풍미와 에푸아스 치즈의 맛을 처음으로 알게 해준 통인동의 피자집, 여름밤의 까이삐리냐를 마시기 위해 찾곤 했던 효자동의 펍, 쉐리를 처음 맛보았던 누상동의 술집, 매달 메뉴가 바뀌었던 망원동의 미드나잇 카페, 작지만 아늑하고 특별한 기분을 안겨줬던 독립 영화관들… 좋아하는 사람을 데려가거나 나를 위로하기 위해 찾았던 공간들.

그 공간들이 사라진다는 소식을 들을 때면 한때는 그곳에서 시간을 보냈던 나의 기억 일부분이 허물어진다는 생각에 어딘가 쓸쓸해지기도 했다. 이제는 기억 속에만 존재하게 될 찻집이나 술집을 떠올릴 때면 한 시절이 끝났구나 싶은 기분이 들기도 했다. 그러나 이제는 허전함이나 애틋함보다는 고마움이 앞선다. 쉽지 않은 순간들을 여러 번 마주하며 아마도 최선을 다해 지켜냈겠지. 마음을 많이 쏟았겠지. 지긋지긋할 때도 있었을 테고 때로는 그렇게 자신의 전부이기도 했겠지. 나의 기쁘거나 잊을 수 없는, 따뜻하고 아름다웠던 시간들은 어쩌면 그런 마음들에 조금씩 신세를 지며 만들어질 수 있었을 것이다. 그렇게 생각하면 여전히 사랑으로 또 끈기로 이어지고 있는 작은 공간들에 사랑과 존경을 보내지 않을 수 없다.

경제 논리에 무척 뒤쳐진 소리긴 하지만 이 상점 운영에는 우리에게 이 정도면 된다 싶은 지점이 있다. 손해를 보거나 유지하는 데 힘에 부치면 안 될 일이고 매출이 오르면 더없이 좋겠지만, 그저 상심하지 않을 정도의 수익이 있으면 만족한다. 동료는 몰라도 나는 뭐든지 잘하고자 하는 욕망이 상당한 사람이지만 이곳에 관해서는 슬그머니 내려놓게 된다. 무엇보다 형태와 색이 근사한 물건들에 둘러싸여 다정한 사람들을 종종 만날 수 있는 일이다. 가능한 이어나가고 싶을 수밖에 없다. 물론 이런 마음을 오래 먹을 수 있도록 본업을 열심히 하고 있다.

원하는 것이 없지는 않다. 잠시 열려 있는 동안에는 조금은 긴장을 잘하고 머뭇거리는 사람들마저도 편하게 찾을 수 있는 공간이면 좋겠다. 그리고 그들이 부담을 가지지 않고 차분히 아름다운 기물들을 살펴볼 수 있으면 한다. 그렇게 물건과 물건, 사람과 물건, 사람과 사람 사이에 작은 인연들이 차곡하게 쌓이는 것은 오래 생각하고 있는 목표다. 그렇게 일과 취미와 이상의 경계 어딘가에서 조용히 문을 열고 또 닫고 있다. 가능한 작고 조용히, 그러나 가늘고 길게, 그리고 끈질기게 이곳을 이어나가고 싶다.

9

우리가 그리는 상점의 모습은 처음부터 아주 명확했다. 그리고 할 수 없는 것들을 빠르게 포기하며 제거해 나갔다. 밀고 나가고 싶은 점과 한계를 파악해두는 것은 중요하다.

공간 및 응대
일주일에 정해진 며칠만 연다.
규모는 10평을 넘기지 않는다.
번화가에서 조금은 떨어진 장소에 자리 잡는다.
간판은 없거나 아주 주의 깊게 봐야 알 수 있는 게 좋다.
적극적으로 말을 걸거나 구입을 권유하지 않는다.
물건에 대한 설명은 손님이 먼저 물어보셨을 때 한다.

원하는 바이기도 했지만 우리 선에서 해낼 수 있는 것이 딱 이 정도였기 때문이다. 일단 다른 일을 하면서 충분히 돌볼 수 있는 크기여야 했다. 당시 업무량을 고려하면 일주일에 3일 정도만 오픈하는 것이 적당하게 느껴졌다. 상점은 8평에서 10평이 알맞다 싶었지만 일하는 공간도 딸려 있어야 하니 결과적으로 우리가 구하는 공간으로 15평 정도가 필요했다.

꼭 유동인구가 많은 장소에 있을 필요는 없다는 결론은 일찌감치 내렸다. 손님을 확보하기 쉬운 입지 조건일수록 어쩔 수 없이 좁고 비싸지기 때문이다. 접근성을 양보하고 대신 조금 더 넓고 조용한 곳을 선택하기로 했다. 임대료 문제를 떠나서도 "찾아와주는" 손님들을 원했다. 가깝거나 찾기 쉬워 들리기보다는 작게 관심이 피어오르고 그것이 방문으로 이어지길 바랐다. 마침 운 좋게도 우리는 SNS가 위력을 떨치는 시대의 사람들이었으니까 그런 전략이 가능했다. 이사 다니며 열었던 세 곳 모두 메인 스트리트에서 멀찍이 떨어져 있거나 계단을 올라야 하는 곳이었다.

둘 다 눈에 띄는 것을 싫어하는 성향도 한몫했을 것이다. 이러한 기준은 "간판은 없어도 되거나 주의 깊게 봐야 알 수 있을 정도" "부담스러운 응대보단 조용히 할 일을 하기" "그러나 질문을 받는다면 최대한 자세하고 친절히 대답하기" 등등의 항목으로 차례차례 이어졌다.

제품
지나치게 비싸지 않았으면 한다.
제품의 카테고리를 최소화한다.
가능한 실용적이어야 한다.
그러나 용도가 한정될 필요는 없다.
장식을 최대한 배제한다.

부담스럽지 않은 가격대, 그러나 누군가에게 선물하고 싶은 질 좋은 물건으로 채워져 있는 상점. 언제나 내가 그려온 이상에 가까운 상점이었다. 상상 속에서 늘 상점의 모양도 크기도 곧잘 바뀌었지만 이 기준만은 언제나 변하지 않았다. 스스로부터가 꼭 상점이 아니라 카페도, 술집도, 옷집도 드나들기 편안한 가게들을 좋아했다. 무엇보다 비싼 물건을 팔려면 더 많은 곳을 치밀하게 신경 써야 한다.

작은 공간을 구할 예정이었기 때문에 적당한 밀도가 무엇보다 중요했다. 용도별로 나누거나 디스플레이를 하기엔 시선이 분산될 것 같았고 브랜드별로 나누기엔 기원과 생애를 알 수 없는 빈티지 제품이 대다수였다. 그렇다고 아무 기준 없이 정렬해두고 싶지는 않았다. 모아온 물건들을 찬찬히 살펴보니 대부분 나무, 금속, 도자 재질이 많았다. 차라리 과감하게 재질별로 나누는 것이 어떻겠냐는 의견이 나왔다. 그렇게 된다면 비좁은 공간을 3개의 섹션으로 나눌 수 있는 메리트가 있었고 같은 재질이라면 색이나 형태가 제각각이어도 제법 통일성도 생긴다. 여러 가지 불리한 점을 상쇄할 수 있는 생각이었다. 상점의 이름과 스튜디오의 이름도 모두이 기준으로부터 나왔다.

실용적이지 않은 물건들은 대부분 배제했다. "예쁘기는 한데…"라고 말끝을 흐리게 하는 물건들은 슬며시 밀어놓았다. 생활 가까이에 있는 물건이 있는가 하면 그저 아름답고 무용한 물건들도 있다. 무척 매력적이지만 내가 팔아야 한다면? 자신이 없었다. 어쩐지 남다른 기술이 필요할 것 같다는 생각이 들었다. 물론 나는 어디선가 그런 물건들을 곧잘 산다. 뭘 잘 팔기보다는 잘 사는 사람이다.

용도가 한정적이지 않으면 좋겠다는 말은 다완을 예를 들어 설명할 수 있겠다. 종종 다도에 익숙하지 않은 손님들이 다완을 들고 "혹시 밥그릇인가요?" 하고 묻는다. 엄밀히 말하자면 다완은 차를 마시기 위한 사발로 대표적인 다구 중 하나이다. 그러나 움푹하면서 넉넉한 이 그릇은 밥 혹은 뜨거운 국수를 담는 데도 훌륭하게 쓰일 수 있다. 물론 원래 용도대로 말차 등을 담기에도 적절하다. 그래서 우리는 보통 느슨하게 "그렇기도 하고 아니기도 합니다"라고 대답을 시작한 뒤 다완에 대해 설명한다. 마지막으로는 "하지만 손님이 원하시는 용도로 쓰시는 것이 제일 좋고요"라고 덧붙인다. 이곳의 긴 호리병이 어딘가에서 화병으로 혹은 술병으로 쓰이길 원한다. 작은 은쟁반이 찻잔의 받침으로도 반지나 팔찌의 작은 안식처로도 쓰였으면 한다. 만듦새와 쓰임새는 좋되 명확하게 정해지지 않은 채로 누군가를 찾아가면 좋겠다. 그렇게 주인의 도구가 되고 또 일상의 풍경이 되었으면 좋겠다.

장식을 배제하는 이유는 단순히 취향의 영역인데 너무 튀는 색이나 재질을 덮어버릴 정도의 요란한 무늬를 경계한다. 공간이란 건 결국 주인을 닮아간다. 공간에 이끌려 찾아오는 사람들도 주인과 비슷한 경우가 많다. 조용한 사장이 있는 술집엔 조용한 사람들이 단골이 되어 공간을 채운다. 이곳에 들러주시는 분들은 가만히 들어오셔서 대부분 이런 담담하고 요란하지 않은 물건을 골라든다.

이런 작은 규칙들과 고집들을 이어 나가다 보면 아무래도 많은 사람들을 만족시키긴 힘들다. 불편하거나 따분하다는 감상도 종종 발견한다. 그러나 특별히 변해야 한다는 생각을 하진 않는다. 모든 사람에게 좋은 사람일 수 없듯 상점도 마찬가지다. 찾아오는 이들 모두에게 맞출 수 없다면 운영하는 이에게 최적화되어 그 사람만이 만들 수 있는 공간이면 좋지 않을까. 현재 우리의 상점은 길어지고 있는 코로나 유행으로 인해 오프라인 운영은 잠시 멈추고 온라인 몰만 운영하며 새로운 방향을 모색하고 있다. 다양한 사람만큼 다양한 상점이 있는 것이 자연스러운 일이다. 좁고 뾰족한 방침을 가진 제각각의 공간들이 더 많이 생기길 바란다.

10

원래라면 동업자와 나의 영원한 화두라고 해도 과언이 아닐 '싸움'에 대해 적어보려 했다. 일을 함께하게 되면서 얼마나 자주, 유치하고 졸렬하게 싸우는지에 대해 합천 해인사 팔만대장경 분량을 쓸 수 있으나 많이 덜어내고 적당히 포장할 필요가 있어 미뤄두던 이야기였다. 실제로 반 정도는 작성했지만 나는 지금 병실 침대에 누워 아예 새로운 원고를 쓰고 있다. 얼마 전 나는 '요추 추간판 탈출증'이라는 병명을 진단받고 입원 치료를 시작했기 때문이다.

입원 며칠 전엔 그 어느 때보다 맹렬한 집중력을 발휘해 일을 했다. 여름 내내 긴장하고 있던 프로젝트의 촬영이 3일간 있었다. 영국, 미국, 한국으로 몇 달간 메일이 오갔고 많은 사람들이 날짜와 시간과 그 외 여러 조건들을 조정해 비로소 모이게 됐다. 촬영 당일엔 이 프로젝트를 위해 멀리서 온 화려한 경력을 가진 디렉터의 말과 표정을 조금도 놓치고 싶지 않아 온몸에 힘이 들어간 상태였다.

첫날 메인 촬영은 동료 신해수가 맡았다. 많은 이들이 지켜보는 가운데 셔터를 누르는 게 얼마나 심적 부담이 큰 일인지 잘 알기 때문에 어떻게든 도움이 되고 싶다는 의욕이 앞섰다. 의자며 소파를 번쩍번쩍 들어 옮기고 멀티탭과 조명과 삼각대와 카메라 가방을 들고 이리저리 다녔다. 12시간의 꽤 긴 촬영이었다. 중간에 살짝 지연되는 상황도 있었지만 간신히 타임 테이블에 맞춰 촬영이 끝났다. 창밖은 비를 머금은 뭉게구름과 석양이 섞여 묘한 아름다움을 자아내고 있었다. 오늘 처음 만나는 사람들과 열심히 호흡을 맞춰보았고 내일부터는 비도 오지 않는다니 앞으로의 촬영은 순조롭겠지. 경험상 보통 첫날이 가장 서툴고 힘들게 느껴지니까. 실제로도 그랬지만 예상을 빗나간 점이 하나 있었다. 그다음 날 나는 일어나지 못했다.

그 전엔 전시를 했다. 3주 동안 열리는 전시였지만 대략 3개월 정도 매진했다. 스튜디오 이름을 걸고 하는 첫 단독 전시였기 때문에 준비 기간 내내 우리는 예민한 상태였다. 물론 전시 준비와는 별개로 일도 했다. 결과물을 위한 보정을 하고, 보정을 하기 전엔 촬영을 하고, 촬영 전엔 미팅을 했다. 미팅 전엔 견적서를, 견적서를 작성하기 전엔 서로 이것저것을 묻고 답하는 메일을 썼다.

특별히 목표했던 것은 아니었지만 올해는 이런저런 성과가 있었는데 어쩌면 그것이 보람이자 독이었다. 몸과 마음을 최대치로 갈아 넣고 있다는 생각을 어렴풋이 했지만 어쩐지 멈출 수 없었다. 추세라는 건 그렇다. 일단 이 현상, 이 흐름에 올라탄 이상 자력으로 내려오기가 쉽지 않았다. 바쁘게 일하고 어떤 결실을 얻어내는 일에 도취되어 있었는지도 모른다.

그러다가 하루아침에 몸을 비틀어 방향을 바꾸는 데에도 엄청난 비명을 지르게 된 것이다. 침대 위에서 1센티미터도 움직이지 못하며 생각했다. 모든 일은 허리로 해온 거구나. 이 가운데 부분에 힘을 주고.

의사는 MRI 결과를 보며 디스크가 "터졌다"는 표현을 썼다. 흔히들 쓰는 표현 같았다. 최악의 경우 수술을 고려해야 하는 꽤 심각한 상태라고 했다. 약간은 상투적인 안타까움이 느껴졌다. 하루에도 몇 번씩 터져버린 사람을 만나겠지. 척추에. 그러니까 등부터 엉덩이까지의 뼈들 어딘가에 시한폭탄이라도 품고 있었던 걸까. 무언가가 크게 부풀었다가 견딜 수 없어 이렇게 폭발했을까. 그동안 받아왔던 부담이 여기에 쌓였던 걸까. 침대에도, 바퀴가 달린 보조 기구에도 달려 달랑거리는 '낙상 주의' 카드를 멍하니 보며 생각했다. 어쩌면 떨어질 수밖에 없는 아슬아슬한 상태였을지도 모른다고.

최소 2주에서 4주간의 입원 치료를 진행한 뒤 적어도 2~3개월은 아무 일도 하지 말아야 한다는 진단을 듣고 슬프거나 절망스럽다기보다는 당혹스러웠다. 당연하게도 그런 식으로 일을 멈춰본 적이 없었다. 어떻게 몇 개월씩 일하지 않을 수 있냐, 중요한 일들이 쌓여 있는데 정말 이 모든 것을 완전히 멈춰야 하느냐는 질문에 의사 선생님이 모니터에서 눈을 떼지도 않고 이야기했다. "아직 젊죠? 오래 일해야 하잖아요. 지금 시간을 들여 차근차근 고치지 않으면 재발하고 또 재발할 테죠. 평생 후회할 수도 있습니다."

돌이켜보면 나는 이 지긋지긋한 서울에 최적화된 사람이었다. 빠르고, 잘 변할 줄 알았고, 멈출 줄 몰랐다. 모든 것을 흡수하고 엄청나게 뱉어냈다. 밤에도 꺼지지 않는 불빛 중 하나였고 도로 위를 달리는 과적재 차량이었다. 특히 회사를 나오고 나서는 뭐랄까, 인정하기는 싫었지만 생업이기 때문에 해야 하는 몰입, 그 이상의 몰입을 했다. 일과 나를 동일시했고 그렇지 않은 사람들을 이해하지 못하며 비정상적인 움직임에 기꺼이 동참해온 것이다. 인정받고 싶어서 몸 이곳저곳이 닳도록. 어쩌면 다른 사람들도 끌어들여서. 입원을 결정한 그날 밤은 그 어떤 것도 대견하지도 자랑스럽지도 않았다.

병실 창문으로는 커다란 빌딩의 파사드가 보인다. 맞은편 창문에서 봐도 그렇겠지. 아침, 점심, 저녁과 식후 약을 시간에 맞춰 챙겨 먹고 이 층에서 저 층으로 이동해 치료를 받는다. 하루에 한 번 혈압을 재고, 하루에 두 번 기다란 침을 몸에 쑥 꽂아 넣는다. 매일 몸의 이상을 체크 받거나 보고한다. 이전과 같은 질량의 하루가 주어졌지만 채워나가는 방식이 완전하게 다르다. 생경한 일과다. 하루에 한 번씩 만나는 주치의는 어느 정도 회복되었는지를 확인하며 매일 같은 말을 덧붙인다. 절대 무리하지 마세요. 절대 안정입니다. 그저 일주일 전부터 하루에 5분 정도 만나는 사이인데도 그동안 내가 어떻게 무리하며 살아왔는지 다 알고 있는 사람처럼. 초조함이 엿보였을까. 아니면 그렇게 무리하는 사람들만이 허리가 터진 채로 찾아오기 때문일까.

병실 안에서의 하루도 나름대로 바쁘게 돌아가지만 그래도 이전에 비할 바는 아니다. 여유가 있다 보니 자주 생각에 빠진다. 그리고 마주하는 깨달음이 있었다. 나는 성취 중독이었다. 언제나 역량보다 큰 일을 끌어안았고 그것을 무사히 끝냈을 때 분비되는 아드레날린을 아는 사람. 그렇다고 매 순간 즐겁게 일을 한 건 또 아니었다. 나는 늘 지나치게 잘하고 싶어 하는 사람이었기 때문이다. 스트레스가 많았지만 욕심은 더 많았던 사람. 어떠한 달성감이 없는 상태의 나도 사랑할 수 있을까. 결과와 보람 없는 시간을 보내도 나 자신이 의미 없지 않다고 힘줘서 말할 수 있을까. 지금 당장 이런 생각으로 채우는 게 아니라 이 결심들을 오래 잘 보살필 수 있을까.

스튜디오 동료 신해수와 정수호의 배려로 나는 긴 휴가를 가지기로 했다. 기다렸던 출장을 취소하고 휴가를 위해 끊어놓은 비행기 표도 취소했다. 모든 프로젝트를 도중에 끝내버릴 수 없었기 때문에 내 과중한 업무들이 그들의 목과 어깨, 허리에 내려앉았다. 나의 무리는 결국 소중한 이들에게도 이어진다. 나를 보살피는 것이 곧 함께 일하는 이들을 보살피는 일이라는 것, 크고 묵직한 깨달음이었다. 안쓰럽고 고마운 동료들. 동시에 너무나도 미안한 동료들.

그렇지만 지난 시간 나를 지배했던 사회·경제활동에서 잠시 빠져나온 지금, 앞으로 스스로를 어떻게 활용할 것인지 생각하는 시간을 얻었다. 다시는 열심히 일을 하지 않겠다는 이야기를 하고 싶은 건 아니다. 왜냐면 당연하고 새삼스러운 사실을 알아차렸기 때문이다. 아무리 생각해봐도 나는 일을 좋아한다. 일 자체도, 일을 완수했을 때 느끼는 만족감도, 직접 획득한 자부심도 좋아한다. 어쩔 수 없이 그런 사람이다. 바꿀 수는 없다.

하지만 어떤 커다란 결함으로 인해 여기 도달했다. 덕분에 가져갈 수 있는 무언가가 있을지도 모른다. 여러 가지가 있겠지만 무엇보다 이 일을 사랑한다면 이 일을 수행하는 나 자신을 더 잘 돌봐야 했다는 사실. 쾌감도 뿌듯함도 없지만 회복만을 위해 곧게 나아가는 생활을 맞이했다. 나는 이 안에서 잘못된 습관으로 만들어진, 경직된 허리에서 오는 통증을 돌본다. 내 삶이 어떤 식으로 딱딱해졌는지 생각한다. 손상된 신경도, 튼튼하지 못한 힘줄과 살도, 과중했던 직업의식도 재건하고 싶다고 다짐한다. 몸의 중심에서부터 퍼져 나오는 생각들을 걷어내고 정리하는 선명한 만회의 시간들이 지나간다.

11

허리를 크게 다치고 나서 스스로를 소비하는 방식에 큰 변화가 생겼다. 나라는 자원이 한정적이라는 것을 깨달은 것이다. 놀랍게도 그 사실을 이제야 안 사람이 여기 있다. "젊은 날엔 젊음을 모르고 사랑할 땐 사랑이 보이지 않았네"라는 이제는 조금 먼 시대의 유행가 가사처럼 건강할 때는 건강이 전혀 보이지 않는다.

허리가 멀쩡할 땐 5시간이고 앉아서 일을 하거나, 10시간도 넘게 서 있거나, 무거운 짐을 번쩍번쩍 드는 것이 누군가에게 당연하지 않다는 것을 몰랐다. 편두통이 생기기 전까지는 두통 없이 쾌적하고 맑은 컨디션을 소중하게 여기지 못했다. 통증이 신체의 여러 기관들을 실재하게 만든다. 구체적으로 어디쯤인지 생각할 필요도 없던 옆구리 근육의 존재를 요가를 처음 배우고 온 날 알아차리게 된 것처럼. 물론 힘줄과 살갗이, 장기의 기능들이 조금씩 낡아가고 있다는 생각은 해를 거듭할수록 해왔다. 그러나 서서히가 아니라 때로는 예고 없이 작동이 멈춰버릴 수 있다는 것을 깨닫자 몹시 두려워졌다.

원래 타고난 체력이 좋은 편은 아닌 데다 경미한 건강 염려 증이 있어 목이 잠기거나 눈꺼풀이 살짝 부어오르면 병원부터 가는 사람이었다. 게다가 극도로 겁이 많고 망상에도 능하기 때문에 배가 아프면 큰 병을 의심하고 머리가 아파도 큰 병을 의심했으며 눈이 침침해도 큰 병을 의심했다. 오히려 조금만 몸에 이상이 느껴져도 진료를 받으러 뛰어가는 사람이어서인지 다행히 크게 아픈 적이 없었다. 즉 몸의 어딘가 부러지거나 대대적인 수술, 장기 입원의 경험이 전무했다. 그런 나에게 요추 추간판 탈출증으로 인한 약 4주간의 입원은 사실 대사건이었다. 익숙하지 않은 병실생활도 그랬지만 처음으로 이 몸의, 팔과 다리와 허리와 무릎의 유통기한에 대해 깊게 생각해보게 된 것이다. 엎드려서 몸을 몇 센티도 꼼짝 못하는 상태에서 겨우겨우 한 발자국씩 움직이며 걸을 수 있을 때까지 느릿느릿 회복하는 기간 동안 내 신체와 컨디션을 바라보는 시선이 완전하게 달라졌다.

생각해보면 당연한 일이다. 모든 생명의 끝엔 죽음이 있고 삶 자체가 소멸의 과정이다. 모든 것은 결국 닳는다. 가구도 옷도 책도 비누도 물론 사람도. 전혀 유념하지 않고 살아온 것이 신기할 따름이었다. 너무나도 멍청하고 젊었고 멍청히 젊었던 것이다. 병과 늙음을 아주 남 일처럼 여겨오는 동안 어느새 내가 가진 것들도 조금씩 원래의 모습과 달라져 있었다.

손상된 디스크와 비보험 치료로 크게 구멍 뚫린 통장을 들고 퇴원을 한 이후 나는 내 신체를 조금 다르게 바라보기 시작했다. 내가 나를 아껴야 한다. 잘 먹고 운동하는 것도 중요하지만 무엇보다 이 몸의 중요성과 유한성을 똑바로 인식해야 했다. 일단 무조건 정해둔 타이머에 맞춰 일어나는 사람이 되었다. 허리 건강에 관련한 모든 책과 영상에서 "가장 안 좋은 자세는 고정된 자세"라고 외치고 있었다. 한번 집중하면 깊게 빠져드는 성격이라 앉으면 그대로 몇 시간이고 이어서 일하곤 했다. 업무 효율엔 좋았을지 몰라도 목과 허리를 비롯한 여러 기관에는 치명적인 일이었다. 그리고 결국은 몸을 망가트려 최악의 결과를 가져다주는 습관이었다. 쌓이고 쌓여 눈사태처럼 건강을 덮쳐버렸다. 일단 앉아 일에 몰두하면 일어날 생각을 않던 성향이 나의 큰 장점이라 생각했다 보니 쉽게 고쳐지지 않았다. 흐름에 방해가 생기는 것도 사실이다. 그러나 일하는 시간과 쉬는 시간을 정확히 지키기 시작하자 눈에 띄게 허리 통증이 줄어들었다.

건강한 것과 내 몸이 편한 것에 들이는 돈과 시간을 더 이상 아깝다고 생각하지 않게 되었다. 비좁은 만원 버스나 지하철을 타고 허리와 종아리, 발바닥에 힘을 준 채로 서서 가면 차비는 적게 들지만 빼앗길 수밖에 없는 정신적 · 신체적 에너지가 있다. 이것이 그날 하루 혹은 다음 날의 일하는 나에게 영향을 끼친다면 그것은 또 다른 손실이 된다.

그리고 지금 당장의 서울 물가로 따지면 배달음식이 더 싸게 먹히지만 조금 더 좋은 재료를 구입해 시간을 들여 조리를 해먹는 버릇을 들이려 노력하게 되었다. 바빠서 혹은 시간을 아끼겠다는 이유로 어플로 주문 버튼을 누른 뒤 도착하면 젓가락만 들고 먹는 외식 아닌 외식 생활은 수북한 일회용 쓰레기만큼 죄책감을 남겼기 때문이다. 몸에도 해롭고 환경에도 해로웠다. 보험의 중요성을 깨달았음은 말할 것도 없다. 위협과 사고는 언제나 예측 범위 밖에서 일어나고 우리는 아무것도 장담할 수 없다. 퇴원 후 보험들을 재정비하고 건강검진에도 관심을 갖게 되었다.

택시 한 번, 식재료 쇼핑 한두 번이라도 모이면 큰돈이기 때문에 자연스럽게 다른 곳에서 불필요한 소비를 줄이게 되었다. 예를 들면 예뻐서, 매력적이어서, 단지 갖고 싶어서 사는 소비가 1순위로 정리되었다. 드럭스토어 세일 문구나 각종 편집숍 어플에서 보내오는 알림 창에 이끌려 들어가 별 생각 없이 하던 계획 없는 구매들도 줄었다. 조금씩 줄여가다 보니 어떤 소비들은 분명 필요와 쾌락 가운데 애매모호한 지점에 있었다. 몸만큼이나 돈도 나에게 한정된 자원이니 그 안에서 우선순위가 정해진 셈이다.

무엇보다 좋은 자세를 유지하려는 습관과 적당한 운동을 더 이상 외면할 수 없다는 것을 깨달았다. 일하고자 하는 마음보다 중요한 건 일하고자 하는 마음을 붙잡아주는 몸이었다. 건강하지 못한 나는 건강한 마음의 밑바탕이 되지 못했다. 의지나 욕망도 손쉽게 꺾어버릴 수 있는 것이 신체였다. 하고 싶은 일이 있다면 무엇보다도 심신이 준비되어야 한다는 사실을 너무 늦게야 알았다. 튼튼한 정신 역시 튼튼한 몸으로부터 왔다. 건강한 사람이 좋은 생각만 한다는 뜻은 아니지만, 경험상 아무래도 쇠약한 상태에서 나쁜 생각, 불필요한 고민들이 피어오르기 좋았다. 요즘은 재활을 위해 필라테스를 하고 있다. 가기 싫을 때는 운동이 너무 힘들어 울면서 뛰는 주드 로의 파파라치 사진을 생각한다…. 모두 눈물을 쏙 빼며 건강한 신체를 위해 노력하고 있는 것이다.

이 삶에 강렬하고 대단한 의지가 있는 편도 아니고 '주어졌으니 그럭저럭 열심히 산다' 정도의 마음가짐을 가지고 사는 사람이었지만 조심성 없게 나를 써온 대가가 생각보다 컸다. 지금의 내게 건강은 정말 중요하다. 여러 가지로 필요하다. 무엇보다 하루하루가 무량하지도 않을뿐더러 필연적으로 마침표가 있는 생이니까 그 과정을 좀 더 즐겁게, 가능하면 괴롭지 않게 지나고 싶은 마음이 생겼다. 내가 아주 소중하고 고귀한 어떤 존재여서가 아니라 주어진 나날들에 알맞게 살아가고 싶어서. 나를 아끼고 아껴가며.

12

오래 전, 충동적으로 3주 정도 여행을 떠났다. 혼자 하는 여행을 한 번도 해보지 않았기 때문에 꼭 떠나봐야 했다. 돌아오는 비행기에서 확신에 확신을 더해 생각했다. 이전부터 어렴풋이 느끼고는 있었지만 그 여행으로 잘 알게 됐다. 나는 명백하게 혼자 여행하는 것을 싫어하는 사람이었다. 여정의 마지막쯤엔 다소 호화로운 호텔을 예약했지만 알바 알토의 가구나 이딸라(iittala)의 식기가 설명하기 힘든 외로움을 달래줄 수 없다는 것만 깨달았다.

미디어는 혼자 여행하는 이들의 멋짐과 고독함을 빛나게 묘사한다. 오로지 혈혈단신 훌쩍 떠나야만 어디에 어떤 모양으로 있는지도 모를 자아를 찾을 수 있을 것 같다. 군더더기 없는 가뿐한 떠남과 돌아옴. 그러나 멋지다고 생각하는 모든 일이 내게 맞을 수는 없는 법이다. 나는 아무래도 누군가와 함께 여행하는 게 좋았다. 새로움을 마주하며 느끼는 감상을 혼자 갖는 건 세상에서 제일 아까운 일이었다. 이 거리는 우리가 떠나온 서울과 어떻게 같거나 다른지, 어떤 방식으로 빛나고 아름다운지, 오늘 이 걸음걸음에서 무얼 얻어 가는지, 가능하다면 좋아하는 사람들과 나누고 싶었다. 비가 쏟아져도, 태풍이 불어도, 계획이 틀어져 그날이 엉망이 되어도 헛헛함과 절망을 조금씩 나눠 가져 불운한 하루가 다른 무게로 다가오는 것이 좋았다. 그런 내가 혼자서 일하는 것을 좋아했을 리 없다.

같이 일하자는 제안을 받아들이고 나서 보니 과연 동업은 함께하는 여행과 어느 정도 비슷했다. 계획을 짜두긴 하지만 종종 틀어진다는 점, 그때그때 닥치는 낯선 상황에서 머리를 맞대야 한다는 점, 재빨리 위기를 모면하고 해야 할 일을 정해 나간다는 점. 당연히 함께하는 데에서 오는 짜릿함도 있다. 힘들 때는 서로의 용기에 기대어볼 수 있고, 새로움 앞에서 덜 두려우며, 같이 이뤄낸 성취와 기쁨은 배가된다. 문제는 이 여행이 끝이 나지 않는다는 점이다. 여행의 반대말은 귀가일까. 동업의 반대말은 폐업이다. 동업은 조금 절망적으로 표현하자면 서로의 발을 묶고 하염없이 달리는 2인 3각 레이스인 것이다. 대부분 어깨동무를 하고 있지만 가끔은 서로에게 침을 뱉고 싶은 마음으로 달려 나가는.

스튜디오를 만들기로 하고 가장 많이 들었던 말은 "동업을 한다고… (여러 의미를 담아) 괜찮겠어?"였다. 포털 사이트에서 '동업'을 검색하면 최상단에 뜨는 사이트는 운세 사이트이며 홍보 문구는 다음과 같다. "나와는 악연 관계인 피해야 할 상대… (이하 생략)" 지식인에 '동업'을 검색하면 무려 7만 건이 넘는 질문이 쏟아져 나오고, 동업에 관한 지침서 내지는 실용서는 언제나 경제·경영 카테고리 상위권에 랭크되어 있다.

사실은 모든 우려가 이해됐다. 그만큼 함께 일한다는 것은 어렵고 특히 회사의 규모가 작다면 일상이 완전히 밀착되는 경험을 할 수밖에 없다. 서로의 업무적 장단점은 물론이고 생활 패턴, 경제적 상황, 그 밖의 모든 것을 공유하거나 털어놓게 되기 마련이다. 이렇게 많은 패를 서로에게 보여주지만 결혼처럼 영원을 선서하지도 않고 이혼처럼 서류나 위자료가 필요한 세계도 아니다. 일, 생계, 이상이 복잡하게 얽혀 굴러가는 이 경주에서 동료와 나는 서로에게 솔직해질 수밖에 없었다. 물론 100개의 동업이 존재할 때 각각 100가지의 일하는 방식이 있기 때문에 '우리'의 경험을 이야기하는 것이 얼마나 의미가 있을지는 모르겠다. 이 작은 스튜디오의 단점은 틈만 나면 싸운다는 것이고, 장점은 억지로 상대방에게 동의할 바에는 차라리 싸운다는 것이다. 주변을 보면 전혀 싸우지 않으면서 몇 년이고 일하는 이들도 있고 점심 메뉴로도 싸우는 이들도 있다. 우리로 말할 것 같으면, 점심 메뉴로 싸우고 화해한 뒤 저녁 메뉴로 또 싸우기도 한다.

한 3, 4년 정도는 일과 일 외적인 것들로 끊임없이 싸워댔다. 가구의 방향이나 폰트 크기 1pt 차이로 싸우는 건 예삿일이었다. 농담이 아니라 삼각김밥을 데우는 일을 두고 격렬하게 싸워본 적도 있다. 어느 가을 해방촌에 있는 편의점 전자레인지 앞에서였다. 나는 '데워 먹는 파'였고 신해수는 '차갑게 먹는 삼각김밥을 좋아하는 파'로 삼각김밥에 관해 큰 견해 차이가 있었기 때문이다. 물론 삼각김밥이 진짜 문제는 아니었을 것이다.

언젠가 친구들 앞에서 우리 둘은 두루마리 휴지를 바닥에 굴리면서 싸우기도 했다. 롤 휴지가 유려하게 미끄러지는 모습이 컬링의 그것과 비슷했다. 아직도 인생의 수치스러운 순간들 중 하나로 분류되며 떠올리면 입맛이 사라진다. 득점은 없고 실점만 있는 싸움이었다. 함께 일하다 보면 논쟁이 붙을 수밖에 없는 주제들은 물론이고 심지어 메일 끝 인사 마무리, 가격표의 재질, 페인트를 칠하는 방식, 설거지를 하는 습관과 청소기를 돌리는 방향, 개 산책의 횟수, 자장면과 타코 등으로도 싸워댔으며, 더 이상은 적고 싶지 않아졌다.

가장 최근 싸운 이유도 우스울 정도로 작은 것이었다. (기억이 나지 않는다는 뜻이다.) 그렇다. 7년차 스튜디오가 되었지만 이 부분에 있어서는 노련해지지 않는다. 메일을 쓰는 것도, 미팅이나 촬영을 하는 것도, 최종 결과물을 넘기는 것도 조금씩 성장하거나 혹은 모양새가 달라졌음을 느끼지만 어쩐지 싸울 이유는 새롭게 생겨난다. 나의 빈약한 점을 보완해주는 정반대의 사람은 언제나 힘이 되어주면서도 때로는 이해할 수 없어 돌아버릴 것 같은 사람이 된다. "어제의 동료가 오늘의 적"이라는 말은 동업을 하던 사람이 만들어낸 문장일지도 모른다. 우리 경우로 바꿔 말하자면 "30분 전의 동료가 1시간 후의 적"이다. 이 다발한 싸움의 가장 큰 문제는 감정싸움이라기보다는 각자 나름대로 옳은 방향으로 가기 위해 벌이는 것이라는 점이었다. 경제적 안정과 자아실현이라는 공동의 목표를 가진 두 사람의 의견은 쉽게 좁혀지지 않았다.

당연하게도 7년 동안 수없이 싸워본 성과는 있었다. 그렇지 않다면 이미 이 회사는 모양을 달리했을 테니까. 가장 크게 깨달은 건 점잔을 떨지 않고 혹은 이것저것 재지 않고 격렬히 싸우고 나면 어쨌든 무언가는 나온다는 것. 그 결과물은 서로의 의견을 반죽하고 둥글게 굴려 만든 부드러운 모습이기도 하고, 때로는 서로의 포기할 수 없는 부분을 이어 붙인 완전히 새롭고 거친 모습이기도 하다. 대부분 그렇게 격투 끝에 나온, 한곳에 치우치지 않은 안이 정확했다. 상대방이 아니라면 절대 다다를 수 없는 판단이었다.

슬프게도 우리의 싸움이 이제 일상적인 풍경이 된 건지 우리가 이상하게 피치를 올리기 시작하면 또 다른 동료인 정수호는 태연하게 에어팟을 낀다. 강아지 택수는 조용히 자신의 방석에 가서 앉는다. 하나부터 열까지 다른 동료와 언쟁을 벌일 이유는 아직도 만 개 정도 남아 있을 것 같다. 대신 몇 가지 법칙이 있다. 싸움을 되도록 오래 끌고 가지 않을 것. 매번 새롭게 격화일로로 치달아 부딪친다면 화해에도 매번 새롭게 감격할 것. 조만간 또 싸울지라도 이번 싸움에서 감정은 남겨두지 않을 것. 이는 유치함과 졸렬함을 남김없이 드러내봤기 때문에 터득해낸 일종의 기술이다. 싸움이 끝나면 어떤 점이 서운했는지, 무엇이 감정적으로 다가왔는지, 어떤 말은 매끈하게 안착해 납득이 되었는지, 브리핑을 할 겸 맛있는 음식을 먹으러 가게 됐고 현재 사이좋게 거구를 유지하고 있다.

일과 생활과 일. 말 그대로 친구이자 동료인 사람들과 일과 생활이 뒤섞인 채로 달려온 시간이었다. 일을 위한 생활이 있었고, 생활을 위한 일이 있었다. 모든 것이 서툴렀고 이 두 개가 좀처럼 떨어지지 않았다. 프리랜서 둘을 느슨하게 붙여놓은 형태에서 엉성하지만 회사의 꼴을 갖추기까지 분명한 고락이 있었다. 둘 다 회사생활도, 프리랜서도, 자영업도 해봤지만 '우리'의 회사는 처음이었으니까. 아쉬움도 남고 별로 추천하고 싶은 시간은 아니다. 그래도 가끔 되감아보면 멋진 임무 완수의 시간도, 나름의 야망을 아주 일부 실현한 순간도 있다. 그리고 무엇보다 빈번한 다툼과 깨달음이 있다. 당시엔 순항을 방해하는 암초 같은 사건들이라 생각했지만 덕분에 크게 혹은 작게 서로를 조정해가며 방향을 틀 수 있었다. 현실적으로 여러 가지가 엮여 있기도 하지만 이제는 싸워온 시간이 아까워서라도 엄청나게 열심히 화해한다. 서로가 쌓아올린 협상과 타협, 양보와 헌신의 역사 때문에 아직도 함께 일한다. 그러니까 꼭 부끄러운 기억만은 아니라는 이야기다. 물론 자랑할 만한 이야기 역시 아니지만.

얼마 전 별 생각 없이 틀어둔 넷플릭스 다큐멘터리 <인사이드 빌 게이츠>에서 워런 버핏이 이야기하는 것을 봤다. "알맞은 친구를 사귀는 건 엄청나게 중요합니다. 그 친구들이 있어서 내가 더 나은 사람이 되면 그게 최고의 선물이니까요." 그 말을 듣고 깨달았다. 아마도 우리에게 알맞음을 찾는 방식은 수없이 수없이 싸우는 일이었다는 것을. 지금이 완벽하다고 할 순 없지만 분명하게 서로가 있어 매일 사소하게 진전했다. 그것만은 부정할 수 없는 시간이었다.

13

11월이 시작되었고 택수는 내일 세 살이 될 예정이다. 털은 윤기가 돌고 혀는 언제나 붉다. 뼈대가 튼튼하며 여름이고 겨울이고 아무리 걸어도 지치지 않는다. 종합하면 택수는 누가 봐도 눈에 띄게 건강한 강아지다. 고마운 일이다. 택수의 단단함과 활기참, 사랑을 듬뿍 받는 강아지들이 보여주는 약간의 건방짐을 자주 생각한다. 웃는다. 그리고 조용하고 몸이 약했던, 우리 옆에 아주 잠시 머물렀던 한강이를 생각한다. 웃기도 하고 울기도 한다.

한강이를 생각하고 한강이를 예뻐했던 친구들을 생각한다. 한강이와 함께 걸었던 길과 많은 시간을 보낸 청운동 작업실. 한강이가 자주 엎드려 있던 책상 밑. 늘 무얼 생각하는지 알 수 없던 옆모습과 해가 들면 앉아 있던 창가를, 달리던 모습을. 겨우겨우 채운 네 번의 계절을 생각한다. 작은 몸짓과 순한 심성을, 긴 팔다리를, 뾰족한 입을 생각한다.

한강이는 동료 신해수의 첫 개였고 동시에 나와 내 친구들 여럿의 첫 개이기도 했다. 고양이를 오래 키웠지만 개를 가까이서 보거나 만지는 일은 워낙 드물었다. 주변 친척 중에도 애견인은 없었고 친구들도 어째서인지 모두 고양이를 키웠다. 신해수는 언제나 개를 키우기를 고대하던 사람이었고 한강이는 이미 대학 시절 지어둔 이름이었다. 대학 진학을 위해 상경해서 만난 친구의 개 이름이 금강이었다. 커다랗고 순한 금강이는 잘 짖지도 않았다며, 서울을 좋아하는 신해수는 언젠가 개를 키우게 되면 한강이로 이름을 짓고 싶다는 이야기를 자주 했다.

개의 이름을 미리 지어두는 일. 언젠가 있을 거라 확신하는 만남을 기다리는 일. 좀 낯선 일이었다. 길을 걷다 전선 밑에서 발견한 노란 고양이 호진이를, 아르바이트를 하던 학원에서 학생들이 구조해 온 고동색 얼룩의 고양이 권이를 말 그대로 어느 날 갑자기 키우게 된 나로서는 그 계획된 열망이 신기하게 느껴졌다. 신해수의 '한강이를 데려오기'는 우리가 함께 일을 하기로 한 뒤부터 조금씩 구체적인 모양새를 갖추기 시작했다. 이전부터 혹시나 개를 키울 것을 고려하여 마당이 있는 양옥집에서 술집을 시작했지만 취한 사람들이 드나드는 곳은 개에게 좋지 않을 것 같았기 때문에 입양을 유보했었다고 했다. 직종을 바꿔 다른 업무 환경을 구성하려는 지금이 적절하다는 판단을 한 모양이었다. 나로 말할 것 같으면 개는 딱히 싫지도 않지만 아주 좋지도 않았고 지인의 개라면 귀여워할 의욕도 있지만 크게 짖거나 사나운 개를 대하는 건 엄청나게 서툴기 때문에 마음만 앞서는 사람이었다. 그래서 크게 반대할 이유도 없었고 그렇다고 해서 함께 뛸 듯이 기뻐하며 입양 준비를 하지도 않았다.

나무로 된 의자의 밑 부분을 갉아먹기도 한다던데, 고양이와는 달리 소변이나 대변을 아무 데나 보기도 할 테고, 혹시나 개가 나를 싫어한다면… 정도의 잔잔한 걱정을 잠깐씩 하다가 말곤 하며 기뻐하는 신해수를 지켜봤다. 당시엔 개 입양 말고도 할 일이 300가지 정도 있었기 때문에 깊이 생각해볼 겨를이 없었고 어차피 모두에게 급진적으로 새로운 생활이 시작되는 시기였다. 아기 강아지 한 마리가 더 생기는 건 크게 문제 되지 않을 정도로, 엄청난 변화 위에 작은 변화가 하나 더 얹어지는 정도였다(라고 생각했다).

다른 걱정은 함께 작업실을 나눠 쓰기로 한 위층의 친구들이었는데 다들 개를 키워본 경험이 없음에도 불구하고 기꺼이 허락을 해주었다. 아직 존재하지 않지만 이름만은 모두에게 확실하게 각인된 한강이는 이제 출근할 곳도 생기고, 출근하면 맞아줄 언니 혹은 누나들도 생기고, 산책할 동네도 생겼다.

한강이가 처음 오던 날을 아직도 선명하게 기억한다. 2015년 3월 8일. 오래도록 품어오고 준비해오던 마음을 더 이상 참을 수 없었던 건지, 아니면 정말 얼굴을 보자마자 이 아이는 한강이가 될 거라는 확신이 있었는지 신해수는 어느 날 부산으로 강아지를 데리러 가겠다고 했다. 나는 따로 할 일이 있었기 때문에 작업실에서 기다리고 있겠다는 의사를 전달했고 신해수의 한강이를 이미 알고 있는 친구들 몇몇이 모였다. 밤이 깊고 예상 시간보다 조금 늦게 도착한 신해수가 작은 케이지를 열었고 그 안에서는 더 작은 강아지가 걸어 나왔다. 조금 떨고 있었고 낯선 냄새가 났다. 나의 막연한 상상과 걱정은 완전히 박살이 났다. 그해의 가장 큰 변화는 내가 신해수와 동업을 시작한 일도, 무턱대고 친구들과 이층집을 작업실로 쓰고자 덜컥 계약한 일도 아니었다. 한강이를 만난 일이었다. 한강이를 많이 좋아하게 된 일이었다.

한강이는 이상할 정도로 얌전한 강아지였다. 잘 짖지도 않고 물지도 않았다. 검고 순한 눈동자에는 언제나 한강이를 들여다보는 사람들이 비쳤다. 품에 안겨서도 가만히, 차를 태워도 가만히, 햇빛이 드는 창가에 놓아두면 꾸벅꾸벅 졸거나 작게 움직였다. 그저 조용한 성격이겠거니 했지만 검진을 위해 찾은 병원에서 선천적으로 심장에 문제가 있다는 사실을 알게 되었다. 오래 살지 못할 가능성이 있다고도 했다. 담당 의사는 차분하고 현실적인 분으로 모든 사실을 최대한 건조하게 전하려고 노력하는 듯 보였다. 무심코 들으면 차가워 보일 수도 있는 말들이었지만 언뜻 배려가 느껴졌다. 그날 신해수는 많이 울었지만 아무것도 변하지 않았다. 한강이는 한강이가 되었고 예정대로, 바람대로, 신해수의 오랜 꿈대로 우리와 함께하게 될 것이었다. 달라진 것이 있다면 어쨌든 한강이를 더 많이 사랑해주고 보살펴줄 이유가 하나 더 생긴 셈이었다. 한강이를 처음 진료해주셨던 담당 의사분은 우리의 믿음직스러운 주치의가 되었다.

청운동 작업실엔 오래된 나무 계단이 있었는데 그 계단을 기준으로 1층을 신해수와 내가, 2층을 친구들이 쓰고 있었다. 한강이는 매일 그 계단을 오르내리며 쑥쑥 자랐다. 아기 강아지의 성장은 놀라웠다. 조용하고 좀 작은 체구인 것 말고는 다른 개들처럼 달리기를 좋아하고 소변 실수를 하기도 했다. 정기 검진 때마다 상태가 조금씩 호전되고 있다는 이야기를 들었다. 이대로만 가면 처음에 이야기 나눴던 것처럼 아주 나쁜 상황은 오지 않을 수 있다고. 매일을 함께하던 한강이를 정말로 사랑했다. 가늠할 수 없는 크기의 사랑이었고, 처음 만나는 미지의 종류의 사랑이었다. 한강이로 인해 다른 차원의 세계가 열리고 그 안의 문을 하나씩 열어보고 또 들여다보며 사랑했다. 우리 모두가 그랬을 것이다.

　　미처 닫히지 않았던 문틈으로 한강이가 나간 날. 그 저녁이 생각하지도 못했던 마지막이었다. 한동안은 수도 없이 그 밤으로 시간을 돌리고 싶었다. 이름을 부르며 늘 산책하던 거리를 정신없이 달릴 때도 다시 만날 수 없을 거라는 생각은 하지 못했다. 작은 사고라고 생각했다. 우리가 산책하며 자주 가던 장소에서 혼자 배회하고 있던 한강이를 발견하고, 안도감에 가슴을 쓸어내리고, 여러 명이 드나드는 곳이니 앞으로는 문단속을 제대로 하자고 단단히 약속을 하고… 그런 상상만을 하며 뛰었다. 그 반대쪽의 상황은, 최악의 상황은, 정말로 최악의 최악의 상황은 염두에도 뇌리에도 두지 않으려고 눈을 몇 번이고 감으면서. 애를 써서 생각하고 싶지 않았던 사실을 알게 되었을 때 순간적으로 몸 안의 무언가가 멈추는 느낌이란 것이 있다. 한 번 느낀 적이 있었고 다시는 기억하고 싶지 않았던 기분이었다. 사실 기분이라기에는 너무 거대했다.

한강이를 보내고 돌아온 한참 후에 겨우 몸과 마음을 추스려 작업실 책상에 앉았는데 그날 밤에 하던 업무들이 그대로 펼쳐져 있었다. 마감이 있는 일이었고 바뀌는 건 없었다. 현실로 돌아와야 했다. 한동안 아주 예리한 칼로 조각조각 잘게 찢겨져 나간 듯한 일상을 이어 붙이는 시간이 계속되었다. 애써 형태를 다시 갖추었다 생각할 때도 많았지만 그저 흉내 내는 것처럼 느껴졌다. 당시 나는 7년 정도 키웠던 고양이 권이를 갑작스럽게 심장병으로 떠나보낸 지 얼마 되지 않았을 시기였기 때문에 삶 자체가 아주 질 나쁜 허구처럼 느껴졌다. 두 달 사이에 사랑하는 고양이와 강아지가 사라졌다. 불운은 나의 사정을 봐주지 않고 잔혹할 정도로 포개어질 수도 있었고 그렇기 때문에 불운이라 부르는 것이었다.

많은 위로를 건네받았다. 개나 고양이를 떠나보낸 경험이 있는 사람들의 조심스러운 말들이 내게 전달되었다. 어딘가 무너져 내리고 있을 때 듣는 말들은 내 주변 어딘가를 머물 뿐 바로 귀에 들어오진 않았다. 하지만 그저 어떤 말이라도 건네려고 하는 그 마음을 알아서 고마웠다. 한강이와 걷던 길, 한강이가 있던 장소에서 다시 하루하루를 보내는 건 끔찍하면서도 다행인 일이었다.

6개월이 지나도, 1년이 지나도 한강이 털이 여기저기서 발견되었다. 카 시트에서, 읽다 만 책 사이에, 작년에 입던 옷에서. 신해수가 다시 개를 키우고 싶다는 마음을 먹은 것이 언제쯤인지 정확히 알 수 없지만 눈물을 흘리기보다는 웃으면서 한강이와 있었던 일을 이야기하기 시작할 때쯤과 맞닿아 있을 거라 생각한다. 신해수는 한강이를 데리고 온 날처럼 갑자기 택수를 데리고 왔다. 정수호와 그의 남자친구 전재형이 건강하라고 붙여준 이름이다. 스튜디오 이름인 텍스처 온 텍스처에서 따왔고, 촌스러운 이름을 붙이면 오래오래 산다고 해서 그렇게 부르기로 했다. 입에 붙지 않던 이름이 천천히 익숙해지고 다시 공이나 헝겊인형이 여기저기 굴러다니는 작업실이 되었다. 복원이라기보다는 또 다른 새로운 세계일 것이다. 고양이와 강아지의 세계가 다르고, 그 안에서 한강이와 택수의 세계가 다르다. 사랑하는 대상이 늘어날수록 구체적이고 개별적인 차원의 문이 하나씩 열리는 것처럼.

택수는 이유를 모르겠지만 이상할 정도로 사람 손길을 싫어하고 툭하면 으르렁거리면서도 안아서 무릎 위에 올려두면 가만히 있는다. 갑자기 다가와 얼굴이나 손을 턱턱 올려대며 나름의 애교(라고 생각하고 있다)를 부리기도 한다. 밥은 특별히 가리지도 않고 잘 먹는다. 체력이 좋고 말이 많다. 낮잠이란 걸 잘 모르는 녀석이다. 처음부터 모든 것이 한강이와 다른 강아지였는데 그래서 더한강이 생각을, 한강이 이야기를 많이 한다.

시간이 필요하겠지만 다시 개와 함께하게 될 거예요. 그리고 그 결정을 후회하지 않을 거예요. 당시 누군가가 전해줬던 말을 기억한다. 애써서 뭐라고 답장을 보냈지만 그때는 와닿지 않던 말. 짓무른 마음에 어쩌면 좀 잔인했다고 생각했던 그 말이 시간이 지나니 다시 떠오르는 걸 보니 마음 어딘가에 맺혀 있었던 건지도 모르겠다. 누군가의 위로는 한참 앞에 먼저 도착해 있다가 나를 맞이하기도 하는구나. 아마도 잊으려 키우는 게 아니라 기억하려 키우는 것이구나.

도쿄로 여행을 갔다가 한강이와 닮은, 한눈에도 나이가 많아 보이는 개를 만났고 그날 밤 오랜만에 한강이를 생각하며 울었다. 나도 한강이가 노견이 된 모습을 보고 싶었다. "어렸을 땐 건강하지 않았지만 다행히 위기를 넘겼어"라는 말로 한강이의 아득한 아기 시절을 회상하며 나이 먹어 흰 털이 섞이고 손길이 많이 닿아 털이 납작해진 등을 만지고 싶었다. 누군가의 몫까지 살아주길 바라는 것처럼 무거운 일은 없겠지. 대신 택수가 매일 신나게 보내길 바란다. 영민하거나 순하지 않아도 괜찮다. 잘 참는 개가 아니어도 괜찮다. 그저 평범한 개답게 가끔은 말썽도 부리면서. 그렇게 건강한 하루가, 신나는 이틀이, 씩씩한 한 달이 꼬박꼬박 모이기를 바란다.

14

먼저 태어나는 것은 거추장스러운 일이 아닐까 생각했다. 장녀의 장점도, 단점도 있지만 그 어느 쪽으로도 분류할 수 없는 성가시고 귀찮은 느낌이 내내 있었다. 뭐든 미리 겪어본다는 것은 좀 어려웠다. 어떠한 조언이나 사례 없이 매 순간이 처음일 때, 언니가 있는 친구들이 부러웠다. 조금씩 센스가 남다른 친구들은 늘 언니가 있는 친구들이었다.

여섯 살 아래의 동생 정수호는 나와 비슷한 듯하면서도 극도로 다른 점을 가지고 있는 인물로 자신의 생각을 쉽게 털어놓지 않고 감정 기복이 유난히 적어 속을 알 수 없는, 나로 하여금 명리학 공부를 하게 만든, 가장 가까우면서도 알 수 없는 존재다. 기껏 많은 한자들을 머리 아프게 외워가며 동생의 명식을 풀이해봤더니 "알 수 없는 신비감이 느껴지는 사람이다"라는 풀이가 사주에도 나와 있어 나를 몹시 허탈하게 만들었다…. 그러면서도 매사에 합리적으로 생각하고 단호하며 결연한 면이 있어 동생이지만 고민이 있을 때면 가장 먼저 찾을 수밖에 없는 사람이다. 힘든 일이 생기면 거의 기절 직전까지 가는 나와는 달리 항상 차분하게 감정을 정리하는 동생이 걱정스러우면서도 믿음직스럽고, 안쓰러우면서도 든든하다.

많은 말을 하지 않고 굳이 자신을 잘 드러내지 않는 사람과 끊임없이 자신을 드러내는 무언가를 하고 있는 사람이 함께 있다면 그게 정수호와 나다. 그리고 또 늘 말하고 싶어 하는 사람을 물끄러미 바라보다 결정적인 한마디를 던지는 사람과 그 한마디에 정곡을 찔리는 사람이 있다면 그것이 정수호와 나다. 설전(舌戰)에 있어선 많은 말이 필요 없다는 것을 그에게 늘 배워왔다. 가능하면 저 사람과는 말싸움을 안 해야겠다는 사실도….

그 밖에도 여러 부분들이 동생임에도 불구하고 훨씬 인간적으로 믿음직스러우나 단지 언니라는 이유로 내가 먼저 겪을 수밖에 없는 많은 것들 있었다. 학교생활, 입시미술과 사회생활이 그랬다. 쭉 붙어 자라왔고, 취미나 진로 방향이 비슷했으니 어느 정도 닮은 생활을 나눠 가지고 있다고 생각했지만 6년의 시간차는 일상에서 틈을 만들기 시작했고 서로 알아채지 못하는 시간이 점점 늘어나고 있었다. 어떤 기시감을 느끼게 된 건 막 회사생활을 시작하게 된 동생과 이야기를 할 때였다. 그가 느끼는 어떤 부당함들은 내가 회사생활을 하며 부당하다고 느꼈던 많은 요소들과 유사했다. 정수호는 이미 빠르게 지쳐가고 있었다. 그 지침의 지형마저 쉽게 그려졌던 것은 아마도 내가 다 해봐서, 겪어보았기 때문에. 그리고 정수호와 내가 조직생활을 거치며 느꼈던 어떤 한계들이 아무리 오랜 시간이 지나도 변하지 않을 것이라는 결론에 닿았을 때, 일생의 용기를 내어 함께 일해보자고 권유했다. 거창한 꼬임 같은 건 없는데 순순히 넘어와줬다. 그동안의 거추장스러움을 날려버리는 언니로서의 어드밴티지였다. 먼저 태어나 봐서 다행이라고, 처음으로 생각했다.

2인 체제에서 3인 체제로 바뀌고 나서 많은 변화가 있었다. 무엇보다 큰 변화는 또 다른 선분이 생기며 평행선이 삼각형이 된 것이다. 끝없이 뻗어나가 절대 만날 의향을 보이지 않던 고집스러운 두 개의 선에 하나의 선이 덧대어지며 비로소 안정적인 도형이 만들어졌다. 다수결이 가능해진 스튜디오에선 많은 것들이 순조롭게 흘러가게 되었다. 나에겐 나의 가족, 신해수에게는 동료의 가족과 일한다는 것은 우리가 좀 더 많은 체면과 체계를 차리면서 일을 해야 한다는 것을 의미하기도 했다. 분업도 좀 더 세밀해졌다.

한편 가족 앞에서 내가 어엿한 사회인으로 기능함을 보여주는 건 왜 이렇게 쑥스러운지. 서로의 미숙한 모습을 끊임없이 봐오면서 커왔다고 생각했는데도 다른 차원의 부끄러움이 있다. 우리는 절대 완성형이 아니고 항상 시행착오를 겪으며 무언가를 해나가는 사람이기 때문은 아닐까. 가장 어엿해지고 싶은 사람에게 가장 못난 모습을 보여야 하는 순간이 빈번히 생겨서인지는 아닐까. 같이 일을 하기로 한 이상 별 수 없이 모든 패를 다 까야 하는 것이다. "가족과 일하면 어렵지 않아요?"라고 묻는 이들의 질문을 완전히 이해할 수는 없으면서도 어렴풋이 알 것만 같았다.

촬영장에서 큰 실수를 저지른 데다 감정을 수습하지 못해 많은 사람들 앞에서 부끄러운 모습을 드러낸 날에는 괴로움이 두 배였다. 때론 덮어두고 위로하거나 위로받는 것이 가족이기도 한데, 가족이어서 더 보이고 싶지 않은 빈틈과 과실들을 여과 없이 보여야만 하는 어떤 날은 집에서도 서로 마음이 편치 않았다. 물론 또 어떤 날은 그렇게 다 들켜버려 시원한 날도 있었다. 숨기려 애쓰지 않아도 되는 구조였으니까. 억지로 괜찮은 척하는 데에 시간도 품도 들지 않았다.

이전까지는 생애 전반의 기억과 생활 방식, 애정을 나누는 구성원이었다면 함께 일을 하고 나서는 삶이라는 예측 불허의 협업을 시작한 동반자로 관계가 재설정된 느낌이었다. 가장 가까이 연결된 사람이었기에 관계가 더 이상 확장될 수 없을 거라 생각했지만 변수는 '일'이었다. 일을 한다는 건 잘 안다고 생각했던 누군가를 또 다르게 알아가는 방법이라는 것을 가족과 일하게 되면서 깨달았다. 가족으로서의 동생은 약간은 냉정하고 속을 알 수 없는 사람이었는데 동료로서의 동생은 무척 치밀하고 내가 놓친 것들을 꼼꼼히 파악한다. 어떠한 상황에서도 차분하게, 그리고 객관적으로 할 말은 꼭 하고 넘어가는 단연한 성미는 나와 신해수가 가장 믿고 의지하는 부분이다. 독립적이면서 감정에 치우치지 않는 사람이라는 점은 자매 사이에서 자잘한 싸움이 생겼을 때 가장 열 받았던 점이었으므로 아이러니하다. 일상생활을 하면서는 곧잘 다퉈왔지만 일을 주제로는 언성을 높이거나 크게 의견이 어긋난 적이 없다는 점도 신기한 부분이었다. 가족으로서는 여전히 못 미더워 하는데 업무적으로는 서로를 완벽히 의지하는 순간이 있다는 것도 그렇다. 역시나 함께 일을 하고 나서야 알게 된 사실들이다.

동생이 사회의 일원으로 구실하며 타인을 대하는 태도는 함께 일을 하면서 처음으로 보게 된 것이라서 다소 생소했다. 유년 시절 특정 타임라인만 함께 공유했을 뿐 각자 학교를 다니고, 따로 인간관계를 맺고, 회사를 다니며 겹치지 않는 시간을 구성하며 살아왔다는 것을 깨닫게 되는 순간이었다. 일을 계기로 다시 보폭을 맞추어 걷게 되는 일이 생겼다는 점이, 그리고 이것이 생각보다 흔치 않은 경험이라는 점이 놀라웠다. 서로 집에서처럼 허술하거나 게으르지 않다는 점에서 가장 놀랐을 것이다. 일하며 만나는, 번듯하게 기능하고 있는 멋진 사람들도 알고 보면 가족 구성원들 사이에서는 다 어딘가 빈틈 있고 엉성한 사람으로 받아들여지고 있겠지 싶어서 조금 재밌다.

　　평생을 두고 파악해온 사람이라고 생각했지만 불쑥불쑥 내가 모르던 모습들이 튀어나올 때, 때로는 오차를 인정하게 되거나 진가를 알게 될 때, 가장 잘 알고 있었다고 생각했던 사람이 새롭게 발색할 때. 우리가 함께 일하고 있는 사실이 즐거운 순간이다. 모르고 살 수도 있었다.

정수호와 함께하게 되면서 앞으로도 오래 같이 일을 하고 싶다는 생각이 점점 더 공고해졌다. 아무래도 가족이라, 인생에서 가장 많은 시간을 보내온 사람이라 더 빠르고 효율적으로 연동하는 부분들이 존재하고 이 특질을 좀 더 가지고 가고 싶다. 몸집을 불려 나가는 대신, 작은 집단으로 업계에서 명확한 정체성을 유지한 채 날렵하게 치고 나갈 수 있는 다양한 방식을 좀 더 연구하고 싶어진 것이다. 어쩌면 규모를 더하고 더하는 것보다 살아남기 위해 더 많은 노력이 필요할지도 모르겠다. 작은 스튜디오로 남아 있으되 여건이 되는 한에서 여러 가지 장치와 규칙을 마련해보는 것. 자유롭고 건강한 마음으로 일하되 책임을 가질 것. 가급적 잘 쉬고 부침이 있을 때는 서로에게 솔직해질 것. 싸워야 할 때는 대화를 피하지 않는 것. 안 싸우기보다는 끝끝내 잘 화해할 것…. 어떤 식으로 정교해질 수 있을지 하나씩 리스트를 늘려가고 있다.

생활도, 일도 맞물어 빙글빙글 돌아가고 있는 나와 동생을 보고 친구들은 말했다. 와, 끈끈하기 이를 데 없네. 맞는 말이다. 산뜻한 관계라기보다는 끈적하게 붙어 있는 쪽을 선택한 것이다. 생계를 해결하며, 동시에 목표를 성취하며, 그 와중에 원하는 규모를 유지하는 것은 어수선하고도 치열한 일이라 매번 목과 어깨에 힘이 잔뜩 들어간다. 이 모든 걸 사랑하는 사람과 함께 부딪쳐가며 해낸다는 것은 어쩌면 숨을 곳이 하나 없어 불안전한 일인 동시에 낯 뜨거운 일이지만 아주 원초적인 원동력이 발생하는 희귀한 일이란 것 또한 안다.

함께, 이렇게 딱 달라붙어 열심히 일하는 시간이 언제까지 주어질지 모르겠지만 인생에서 꽤나 뜻깊은 시간을 보내고 있다는 것은 분명하다. 당분간은 떨어지지 말고 어깨를 붙이고 걷자고, 갈 수 있는 곳까지 함께 가보자고, 무엇보다 힘들면 언제든 기대도 좋다고 말해주고 싶다. 더 나은 회사가 되고 싶다는 것은 결국 더 나은 우리가 되고 싶다는 말이기도 하니까, 내게 더 나은 직업인이 되고 싶다는 말은 결국 더 좋은 가족이, 좋은 사람이 되고 싶다는 말이기도 했다. 덕분에 언제고 마음을 바로 세우게 된다. 어쩌다 보니 먼저 태어났을 뿐인 사람이.

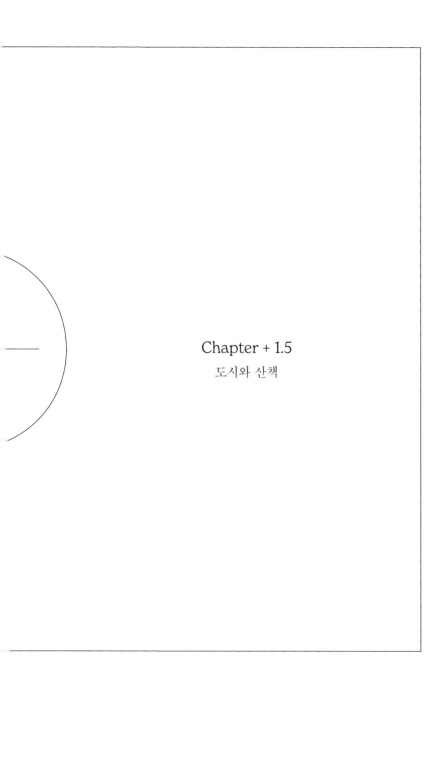

Chapter + 1.5

도시와 산책

두말할 것 없이 밀착의 시대였다. 지금 돌아보니 이상할 정도였다. 다 같이 옷깃을 스치며 전시를 보고, 공연장에서 숨과 땀을 묻히고, 비행기를 타고 서로의 나라에 드나들었다. 표를 결제하고, 짐을 싸고, 이런저런 수속을 마치고 항공기에 탑승한 뒤 공항에 내리고, 숙소에 도착하는 과정이 적지 않게 번거롭다고 생각했지만, 돌이켜보면 몇몇 귀찮은 단계를 감내한다면 어디로든 날아갈 수 있을 만큼 세계는 긴밀하게 연결되어 있었다. 바이러스가 전 세계를 묶어버리기 전까지는.

에어비앤비의 CEO 브라이언 체스키가 임직원 25퍼센트를 해고하며 이런 문장을 남겼다. "그 누구도 여행이 언제 다시 시작될지 장담할 수 없습니다. 언젠가 여행이 시작되더라도 그 양상은 지금과 다를 것입니다." 마음만 먹는다면 어디든 갈 수 있고 꼭 지금이 아니라도 언제든 갈 수 있다는 생각을 너무 당연하게 해왔다는 걸 깨달았다. 많은 도시들이 무의식중에 가상의 리스트에 빼곡하게 있었다. 모로코, 고베, 란사로테, 아테네, 니스….

여행은 다시 시작되겠지만 드나들었던 도시에서의 기억들은 조금씩 다른 모양으로 남게 되었다. 감염과 변이로 모양을 달리한 지형과 세계관 위에 서서 지난 여행이 내게 남겨준 것들을 생각한다. 내가 아주 작은 점에 지나지 않는다는 것을 확인할 때 드는 안도감과 편안함. 수시로 재형성되던 감각들. 어떤 환대와 맥락들. 말로도 사진으로도 다 담지 못해 결국은 내 안에서 다시 재생되고 그렇게 다시 나를 채우던 강렬한 아름다움들을.

Sydney

남반구의 8월은 경량 패딩을 챙겨 오지 않은 것을 두고두고 후회하게 만드는 날씨였지만, 저물녘 시드니의 해수 풀 본다이 아이스버그(Bondi Icebergs)에서 추위 따위 아랑곳하지 않고 뛰어드는 남자를 만났다. 시드니의 상징이자 서퍼들의 파라다이스라고 불리는, 언제나 수많은 인파가 몰려드는 유명한 해안이 단 한 명으로 인해 아주 커다란 여백처럼 느껴지는 순간이었다. 세계 모든 사람들의 이동이 일제히 멈춘 지금, 다시 여행을 할 수 있게 된다면 어딜 가고 싶은지 생각해보게 된다. 아직 못 가본 곳이 훨씬 많으면서 자꾸 예전에 보았던 아름다움을 확인하고 싶다. 잘 있는지, 얼마나 변했는지, 여전히 압도적일지, 또다시 들뜨게 할지. 그 마음은 어디에서 오는 것일까. 얼마 전 뉴사우스웨일스 산불로 인해 잿빛이 되어버린 본다이 비치(Bondi Beach)의 사진을 보고 가슴 아플 정도로 걱정스러웠기 때문인지 종종 아이스버그가 있는 시드니를 떠올린다. 수영을 더 잘할 것 같지도 않고 서핑을 즐길 생각도 여전히 없지만, 언제나 안위를 확인하고 싶은 바다가 있다.

Tasmania

창밖으로 지나가는 아름다운 풍경을 손쓸 새 없이 모두 놓치며 바라만 보았다. 온대기후라고 들었는데 눈앞에서 전환되는 장면들이 어째서인지 잠시 아이슬란드 같았다가, 또 잠깐은 아프리카 같기도 했다. 이국에서 계속 또 다른 이국을 발견했다. 어떤 도시나 나라의 정취를 도저히 가져다 붙이기 힘든 장소도 있었다.

가거나 보거나 전해 들었던 타국의 모습이 겹쳐지지 않았다. 해수의 투명도가 지나치게 짙어 푸른 잉크 같은 바다를 지나는가 싶더니 금세 거대한 목초지가 펼쳐지기도 했다. 붉고 거대한 바위들을 보다가 왈라비를 만나기도 했다. 관광청 홈페이지에 적혀 있는 '태고의 자연' 같은 단어가 너무 고리타분하다고 생각했는데 별다른 표현을, 비슷한 표현조차 찾지도 못했다. 언어는 때로 수많은 것을 누락시킬 수밖에 없는 걸까, 그런 생각을 한다.

사진 역시 마찬가지여서 다 담기지는 않았다. 스치며 보는 것이 이 정도라면 멈춰서 보았다면 압도당했을 것이다. 차를 탄다는 건 편하고 효율적이지만 수많은 광경들을 불러 처리하며 뒤로, 뒤로 사라지게 만든다. 잠깐 다른 생각에 빠지기라도 하면 놓쳐버리기도 한다. 문득 지금 내가 그렇게 살고 있는 건 아닌가 그런 생각이 들었다. 나중에 인생을 뒤돌아봤을 때 그 풍경들을 스쳐 지나오기만 한 것을 깨닫는다면. 멈출 수 있을 때 멈추지 않고, 그렇기 때문에 충분히 감탄하거나 경이로워 하지 않고 그저 달리기만 했단 걸 알게 된다면.

차에 탄 모두의 입에서 탄식이 나올 정도로 아름다운 풍광들이 흐릿해지며 뒤로 뒤로 사라졌지만 어떤 사고는 묘하게 선명해져 나름의 의미가 있었다. 태즈메이니아에서는 내내 그런 생각들을 했지만 쉽게 느긋해지거나 멈추진 못했다. 서울에서 살면서 일하고 돈을 버는 사람에게 체화되어버린 속력과 리듬이 있었던 데다가 관광청 일로 온 출장이었기 때문에 빨리 감기 하듯이 섬의 곳곳을 둘러보아야 했다. 그럼에도 어떤 울림은 충분히 내게 남아 기회가 된다면 꼭 다시 한 번 느슨한 마음으로 찾고 싶은 곳이 되었다.

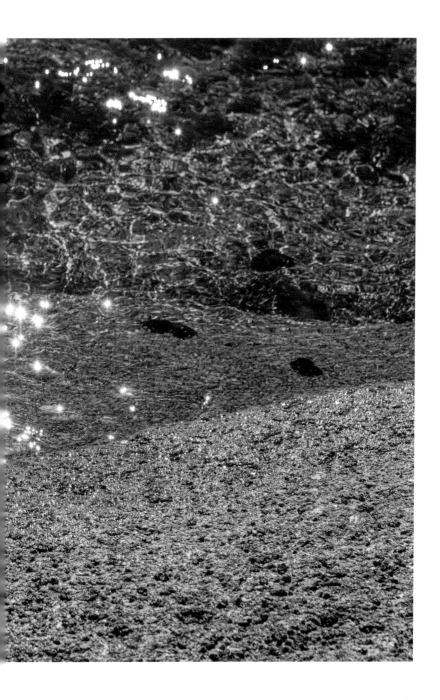

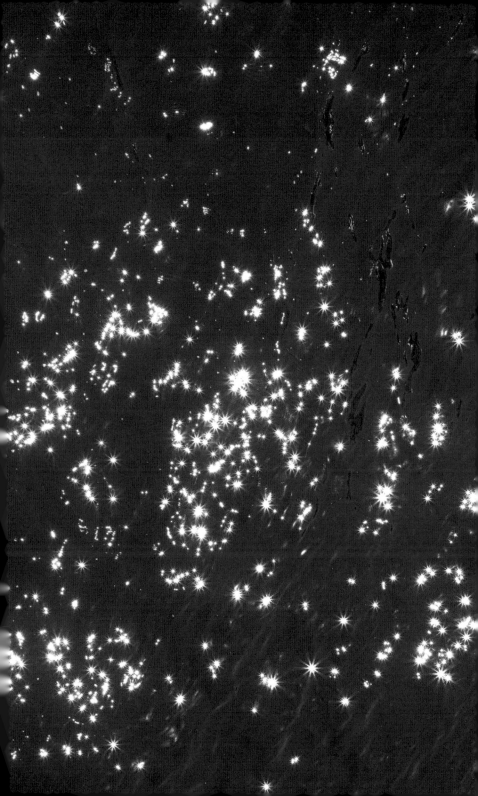

Hua Hin

작은 노점의 꼬마가 웃으며 코코넛 젤리를 쑥 내밀어 망설이다가 받아들고 후덥지근한 거리를 걸었다. 잠시 거부감이 들었지만 이내 스스로가 좀 곤두서 있다는 생각이 들었다. 클럽이나 술집에서 할 법한 의심을 대낮에 호물거리는 젤리를 쥐고 했다는 게 웃겼다. 단순 호객행위라 생각하고 가볍게 거절할 수 있었지만 나도 지금보다 선의를 순수하게 받아들일 수 있는 나이였다. 좋은 쪽으로도 나쁜 쪽으로도 경험치가 낮았다. 가끔은 무지하기 때문에 더 많은 것이 스며들기도 한다. 꼬마에게 맛있다는 인사를 건네지 못한 것을 여행 내내 후회했다. 서울에 돌아와서 코코넛 젤리를 몇 종류 주문해서 먹어보았지만 비슷한 맛도 찾지 못했다. 위키백과에서 후아힌을 찾다가 슬로건이 "맛있는 코코넛과 파인애플"이어서 나는 뒤늦게 그 작은 친절을 더 이해했다.

Sitges

걷다 보면 금세 바다가 보이는 도시에서 별일 없이 3주 정도 머물던 때였다. 여행이 약간 지겹게 느껴지는 건 여행하고 있는 순간뿐이다. 좀 다른 바다가 보고 싶어졌다. 바르셀로나 근교의 시체스로 갔다. 시체스를 검색하면 나오는 '게이 파티' 혹은 '누드 비치'라는 단어를 보고 이 바다는 뭔가 다를 거라 생각하며, 이국의 거리가 눈에 익어 조금 따분해진 시간에 또 다른 활력이 되지 않을까 생각하며. 그러나 산츠(Sants) 역에서 기차를 타고 30분 정도 가자 나온 해안가에는 카니발도, 화려함이나 흥겨움도, 여장을 한 남자도, 눈이 뜨일 정도로 선정적인 장면을 연출하는 연인도 없었다. 이렇게 촌스럽기 그지없는 상상력으로 카메라를 들고 온 나와 그리고 그저 사랑, 오직 사랑만이. 누구의 시선으로부터도 방해받지 않는 사람들이. 이 평화는 존중과 배려로 만들어졌을 것이다. 주저하지 않고 사랑을 나누는 사람들을 마주쳤지만 그들을 찍지는 않았다. 적당한 훈풍이 불어오는 6월, 산트 바르토메우(Sant Bartomeu) 성당 주변을 조금 걷고 토플리스의 노인들이 거니는 해변을 바라보며 짜고 비싼 파에야를 먹고 돌아왔다.

Bangkok

끔찍한 습도, 달라붙는 머리카락, 기분 나쁜 땀방울, 최고치를 갱신하는 불쾌지수, 밤에도 좀처럼 가시지 않는 열기, 날벌레들, 함부로 생겨버리는 땀자국들. 나는 여름이라는 계절이 싫은 이유를 쉬지 않고 30개 정도 쏟아낼 수 있는 사람이었지만 요 몇 년 새 이상하게 여름을 기다리고 있다는 생각이 들었다. 심지어 여름이 1년 내내 이어지는 방콕으로 떠나고 싶다는 생각이 거세어지는 것을 막을 수 없다. 곰곰이 생각해보다가 커다란 깨달음을 얻었다. 직업이 바뀐 것이다.

사진가라면 여름을 사랑하지 않을 도리가 없다.
사랑하게 된다.

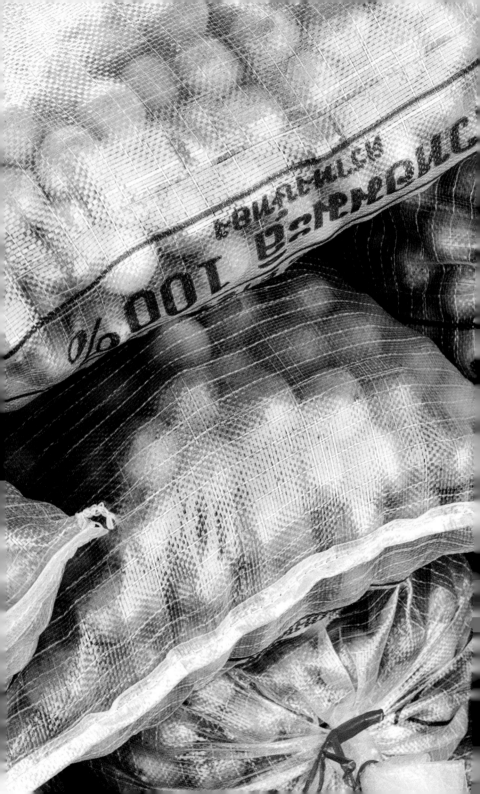

Jeju

얼마나 다정한 사람이 식물에 이름을 붙여주기 시작했을
까. 수많은 풀과 나무와 꽃들이 모두 제 이름을 가지고 있다는 게
언제나 놀라웠다. 작고 동그란 봉우리 하나하나에도 이름이 붙어
있는 제주도에 가면 아끼고 귀중한 마음은 결국 이름을 지어주는
일로 발현되는 것이라고 믿을 수밖에 없다. 다랑쉬 오름의 유래를
찾아보다가 봉우리가 달처럼 둥글게 보여 다랑쉬라는 제주 말이 붙
여졌다는 것을 알게 되었다. 누군가의 건조한 행정 업무였을 수도
있지만 나의 낭만을 위해 이 오름을 특별히 아꼈던 사람이 두 발
로 이곳을 올라 성의 있게 둘러보며 살피고 고유함을 부여하는 모
습을 상상해본다.

Sicilia

술을 좋아하고 싶은 마음이 고개를 쳐들수록 어째서인지 어색한 술꾼이 되었다. 억지로 마시는 것만큼이나 가짜로 취한 척하는 것도 못할 짓이기에 일찍 관뒀다. 잘 취하는 것도 재능이고 나를 느슨하게 놓는 것에도 노련함이 필요하다는 것을 깨달았다. 좀처럼 내 경계를 허물어버리지 못하는 나의 성격은 음주생활에도 막대한 영향을 준다. 솔직히 말하자면 만취했을 때 의지와 상관없이 무너지는 게 싫고, 경망은 혼자 있을 때만 떨고 싶은 음흉한 사람인 것이다. 기어코 취하지 않는 술자리의 누군가라니, 더없이 불편한 존재일 텐데도 꼬박꼬박 불러주는 사람들에게 고마워서 나는 술 대신 술을 좋아하는 사람들을 좋아하게 되었다.

주정뱅이들 옆에선 그들의 주정을, 몇 십 번이고 또 오가는 이야기들을, 갑자기 빨라지거나 대책 없이 느려지는 대화의 리듬을, 어딘가 허술한 고백과 진심이 담긴 묵직한 위로들을, 그리고 길고 깊은 사연들을 기억해줄 사람이 필요한 법이니까. 애주가들 옆의 애(愛)애주가로 수없이 많은 밤을 보내니 주량은 그대로지만 대신 주변의 술꾼들을 사랑스럽게 받아들이는 법이 늘었다. 처음에는 괴로웠지만 언젠가부터는 꼭 그렇지만도 않다. 여러 계기가 있었다.

시칠리아는 사랑스러운 애주가 아홉 명과 함께 떠난 여행지였다. 친구의 친구거나 친구의 친구의 친구거나 하는 이유로 얽혀든 우리들은 나이도, 직업도, 당연히 외모와 성격도 모두 다름에도 불구하고 친분을 쌓게 되었다. 누군가가 우정의 경위를 물을 때마다 각자 여러 이유를 드는 듯 보였지만 내가 보기에는 술이다. 술이었다. 술을 좋아하는 사람들은 마찬가지로 술을 좋아하는 사람들을 만나면 갑자기 마음의 빗장을 풀고 기쁨을 숨길 수 없는 얼굴, 아니 굳이 숨기려들지 않는 얼굴을 했다. 나는 때로는 영어나 노래를 잘하는 사람만큼 술을 좋아하는 사람들이 부러웠다. 아무튼 나를 포함한 열 명의 친구들은 술잔을, 술병을 기울이다가 마음 맞는 모임들이 으레 그렇듯 여행을 의논하게 되었고, 1년에 한 번씩 모여 여행을 떠나게 되었다. 여러 장점들이 있었다. 열 명이 함께할 수 있는 경험은 두 명 혹은 서너 명일 때의 경험과 완전히 다르다. 함께 여행하면 비교적 안전하고 같은 비용으로 폭넓은 것들을 누릴 수 있었다. 열 명이서 하나씩 메뉴를 고르면 열 가지의 음식을 맛볼 수 있고, 열 명이 나눠 내면 조금도 부담스럽지 않은 비용으로 거의 성에 가까운 숙소를 빌릴 수 있다.

즐거운 기억은 둘이서, 셋이서 공유하면 더 오래 곱씹어지는데 열 명이 나눠가진 기억의 힘은 강력했다. 때로는 같아서 소중하고, 때로는 다르게 기억하고 있어서 더 다채로웠다. 그리고 또 다른 이유는 말하지 않아도 눈치챘을 거라 생각한다. 술을 좋아해서 친해진 친구들이 같이 여행을 가서 좋은 이유가 무엇인지를… 서울에서도 마시던 그들은 어딜 가도 마셨다. 바르셀로나에서도, 메노르카에서도, 요세미티에서도, 발리에서도….

나는 여러 이유로 앞선 두 번의 여행은 참가하지 못했는데 세 번째 여행에는 이 모임의 유일한 원 샷 원더(one shot wonder)로 합류하게 되었다. 그해 여행지 선정은 어느 때보다도 명쾌하고 단순했다. 지난해 여행했던 미국은 와인이 너무 비쌌기 때문이었다. 이탈리아라면 와인이 저렴할 것이었다. 그 뒤의 과정들은 속전속결이었다. 여행의 하이라이트는 숙소였는데 우리는 정원과 수영장, 야외 테이블과 열 개의 침대가 있는 저택을 빌렸다. 여행을 몇 달 앞두고 이탈리아가 배경인 영화 <콜 미 바이 유어 네임>까지 개봉해서 나의 기대심은 거의 칼조네의 도우 수준으로 부풀어 있었다.

반짝이는 빛이 사방에 닿는 풍경, 해변가에 펼쳐진 색색의 파라솔과 비치 타월과 수영복, 지중해의 축복을 받은 싱그러운 식재료로 만들어진 음식들… 식사는 무조건 야외에서 엘리오네 가족들처럼. 그러나 머무는 동안 상상과는 정확히 반대로 거의 내내 비가 오고 흐리고 추웠다. 숙소가 사진처럼 근사하긴 했는데 날씨가 비교적 좋은 날에도 수영장 물은 너무 차가워서 솔직히 이가 딱딱거리는 소리가 났다. 그 규칙적인 소리가 흡사 메트로놈에 가까울 정도로….

어느 날은 일어나니 밤새 폭풍우가 휘몰아쳤는지 마당에 두었던 와인잔이 깨진 채로 수영장에 잠겨 돌아다니고 있었는데 괴기스러운 장면이었다. 비바람이 몰아치는 날씨였지만 근처의 에트나(Etna) 화산을 찾아갔는데 그곳에서 찍은 사진에서 친구들과 나는 강풍기 앞에 서 있는 벌칙을 받은 사람들처럼 나왔다. 서울에서 여행 사진 책을 계약하고 온 나는 예상과는 전혀 다른 이 섬의 면면에 내내 초조했고 필름 카메라를 화산 밑으로 던져버리고 계약을 파기하는 생각도 잠시 했다.

단순히 날씨 운이 없었다. 우리보다 2주 정도 시칠리아에 늦게 도착한 인스타그램 속의 누군가는 정확히 내가 상상하던 장면 속에서 태닝을 하고 있었다. 그저 최적기를 절묘하게 피해 다녀온 것이다. 햇빛과 온화함이 없는 이탈리아 남서부 여행이란… 묘하게 축축하고 음산한 기운이 돌았으며 이곳이 영화 <대부>의 배경이라는 것을 상기하게 될 뿐이었다.

여러 가지로 운이 따르지는 않았지만 우리에게는 와인이 있었다. 이 여행의 목적이자 핵심이자 두고두고 회자될 와인의 놀라운 가격… 술을 즐기지 못하는 나조차도 아이러니하게도 술의 도움을 받았다. 비가 오든 천둥이 치든 숙소 안에서 즐거운 추억을 잔뜩 만든 것이다. 술에 있어서는 절대로 이의가 없는 이 모임은 서울에서도 웃겼지만 외국에 나가니 더 웃겼다. 다음날 팔레르모(Palermo)에 가자는 의견을 내고 들뜬 나머지 모두가 밤새 술을 마셔대서 아침 약속 시간에 거실에 모인 사람은 나랑 원래도 유난히 일찍 기상하는 친구뿐이었다. 숙소가 있는 라구사에서 팔레르모까지는 다섯 시간 가까이 걸린다는 것은 그날의 술꾼들에겐 중요하지 않았나 보다. 흥에 겨워 서울, 부산 당일치기 왕복 여행을 계획한 것이나 다름없었던 것이다. 술을 마시던 그들에겐 그저 가고 싶다는 마음만이 중요했을 뿐….

195

비가 오면 거리를 걷기는 힘들지만 술맛은 난다. 추워서 수영을 할 순 없지만 담요를 두르고 저택 안에 앉아 수영장을 바라보며 술을 마실 수는 있다. 날씨가 엉망이면 짜증이 나서 술을 마시고 날씨가 반짝 좋은 날에는 기분이 좋아서 술을 마셨다. 어떤 날은 숙소에서 요리를 하기 때문에 마음 편히 마실 수 있어서 술을 마시고, 어떤 날은 외식을 하니까 기분이 좋아서 술을 마셨다. 각자 영어도, 운전도, 요리도 잘하지만 술을 제일 잘 마시고 무엇보다 어떤 난처한 상황에서 당황하거나 좌절하기보다는 모여 앉아 테이블 위에 있는 술을 마시는 데서 기쁨을 찾을 수 있는 친구들이라는 것을 여행하며 알게 되었다. 서울에서와 크게 다를 것 없는 이 밤들을 보내려 열 명이서 시간을 맞추고 티켓을 예약하고 비행기를 탔다. 함께하는 여행에서 방점이 찍히는 건 '여행'이 아니라 '함께'인 것이다.

짧지 않은 여행인만큼 많은 끼니를 함께했지만 어느 날 술자리가 끝날 때쯤 먹은, 누가 뭘 넣고 어떻게 끓였는지 기억에 없는 라면과 숙취를 이기기 위해 깨자마자 마시는 커피가 제일 맛있었다. 친구들이 나를 위해 남겨주고 챙겨주는 도수가 낮고 당도가 높은 와인 병들을 보면서 감동했다. 그들은 단지 단 와인이 맛없어서 나한테 버린 것뿐이라는 걸 머지않아 깨달았지만…. 아무리 좋은 카메라여도 취기와 흥과 웃음소리는 찍히지 않아서 그 순간을 계속 이야기해야 기억에서 사라지지 않는다. 다행히 나는 서울로 돌아와 시칠리아 사진집을 무사히 출간했다. 눅눅하고 축축한 풍경 대신 친구들의 얼굴을 많이 찍었고 그것은 또 그것대로 멋진 여행의 흔적이 되었다. 출판사에서 준 열 권은 하나씩 나눠 가졌다. 아름다운 장면들에 가려진 술꾼들의 기행들은 나와 친구들만이 알고 있다. 다행히 시칠리아에서의 일주일, 그 사이사이 알코올이 스며든 아주 작고 사소한 에피소드들은 10명 모두 생생하게 나눠 갖고 있어 그때로 순식간에 돌아가게 만든다. 여전히 술을 사랑하는 그들을 사랑한다. 그 사랑은 건강에도 나쁘지 않을 것이다.

Berlin

사실 베를린은 그렇게 사근사근한 도시는 아니었고 '제 할 도리 정도는 하는' 정도의 친절함을 품은 도시였는데 그날의 티어가르텐(Tiergarten)은 좀 달랐다. 아마 긴 오후를 관통하고 있던 여름의 강렬한 빛과 취기의 힘이 아니었을까 싶다. 호수 근처 늘어선 벤치에 앉은 사람들은 이미 어딘가 눈부시게 들떠 있었으며, 어떻게든 7월의 호숫가를 즐길 준비가 되어 있었다. 낮은 길어질 대로 길어져 일몰은 천천히 진행되고 있었고 어스름한 하늘 위엔 밤을 예고하는 전구들이 가득 달려 있었다. 국적도, 생김새도, 언어도 다르지만 앞으로 이어질 아름다움을 모두가 느낄 수 있었다. 해는 천천히 넘어가고 모두가 기분 좋게 취할 것이란 걸. 잠시만 걸어도 나무 냄새와 맥주 냄새가 훌훌 났다. 꼭 코밑에서 누군가가 커다란 맥주잔을 부딪치고 있는 것처럼.

"정말 운이 좋아. 최상의 날씨에 베를린을 만나러 왔어."

그해의 내가 베를린에 머무는 동안 모두가 입을 모아 이야기했다. 다들 알코올이 필요하겠지, 이렇게 좋은 날씨가 이어지는 주말에 맥주를 마시지 않기란 서울에서도 베를린에서도 똑같이 어려운 일일 것이었다. 일렁이는 수면 위로 사람들이 웃고 떠드는 모습이 조금씩 녹아내리고, 작은 배가 그 모습을 헤치며 나아가기도 했다. 열기가 느껴지는 바람과 차가운 액체의 감각을 동시에 느끼며 한 잔을 비우고 두 잔을 비우는 동안 서울에 남겨두고 온 맥주를 좋아하는 이들을 생각했다. 그 얼굴들이 거품처럼 자꾸만 부풀었다 사라졌다.

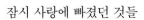

Lapland

하얗게 늘어선 가문비나무들.

허리까지 눈에 파묻힌 표지판.

두툼하게 쌓인 눈을 밟을 때 나던 다채로운 소리들.

핀란드의 보드카 코스켄코르바(Koskenkorva)를

장난스럽게 눈에 꽂아두던 것.

눈밭 위에 새겨진 강아지의 발자국.

기념품 숍의 오래된 엽서들에 조금씩 먼지가 쌓여 있던 것.

서로서로 껴입은 두꺼운 외투가 닿을 때 푹신한 느낌.

눈으로 뒤덮여버린 전망대.

완전하게 얼어버려 걸어갈 수 있었던 긴 호수.

스노모빌.

순록의 조금 바보 같았던 얼굴.

스키 보이들을 바라보며 마시는 진한 코코아.

드문드문 여행객들과 동네 주민들의 발길이 닿는 듯한

작은 카페테리아.

카페테리아의 액자들.

귀가 후 말려두던 장갑과 양말들.

몇 번이나 보려 했지만 실패했던 오로라.

내리거나 쌓여 있는 눈들만큼

각자 다른 모양으로 녹는 눈들.

석양이 반사되는 하얀 차의 보닛 위에서 눈들이

얇은 선과 물방울을 남기며 소리 없이 녹아가던 장면.

넓게 넓게 펼쳐진 눈밭이 노란빛, 주황빛, 붉은빛으로

변해가는 석양을 저항 없이 받아들여

물드는 장면을 바라보는 것.

그 사이를 천천히 지나가던 슬로프.

이발로(Ivalo)로 가는 길,
언뜻 보이던 로바니에미(Rovaniemi)의 화려한 불빛들.

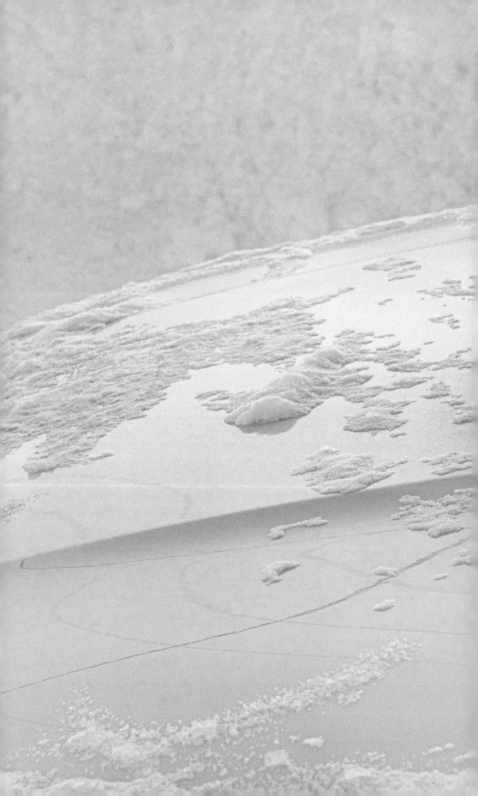

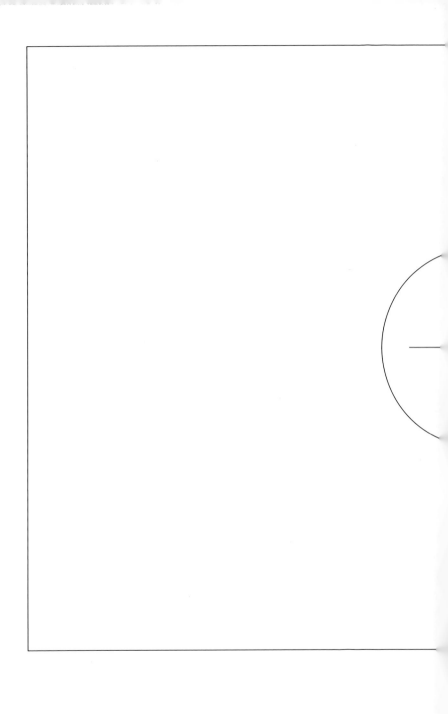

Chapter + 2
균형과 반복

1

뭘 해야 할지 도저히 모르겠는 어중간한 상태로 살다가 삶을 마무리하게 되지 않을까 하는 두려움이 잔잔하게, 하지만 늘 존재했다. 대학생이 되면서부터 생겨난 그 마음은 졸업을 겨우 하고 사회 초년생이 되고 여러 번 이직을 하면서도 사라지지 않았다. 몹시 구린 걸 알았지만 쉽게 내몰아지지 않았다.

그런 날이면 사진을 찍었다. 사진을 정식으로 배우지 않았을뿐더러 사진으로 돈을 벌 생각은 전혀 없었다. 특히 누군가가 보는 앞에서 셔터를 누르는 내 모습은 상상도 해본 적이 없다. 다만 사진을 더 이상 찍지 않는 내 모습도 상상해본 적이 없다. 첫 카메라를 갖고 나서부터 든 생각이었다. 단지 직업으로 연결을 시키지 못했을 뿐이다.

좀 더 어릴 적 상상하던 직업은 그림을 그리는 사람이었다. 스케치북을 일주일에 하나씩 사는, 네모난 종이를 지치지 않고 빼곡하게 채우고 또 채우던 아이였다고 했다. 무한한 사각형이었다. 다만 입시 미술을 혹독하게 준비하며 흥미를 완전히 잃어버렸다. 돌이켜보면, 그때의 시간들은 그림을 그리는 것이 아니라 기이한 곡예를 하는 것처럼 느껴졌다. 꽤 오랜 시간 그림을 그리는 것을 좋아하는 아이였음에도 불구하고 완전하게 열망을 소진해버린 걸 보면 사실은 딱 그 정도의 흥미가 있었구나 싶다. 당시 수능 성적과 쥐어짜낸 적성을 조합해 선택했던 전공은 인테리어 디자인이었다. 대입에는 성공했지만 전공 선택에는 처절하게 실패한, 흔한 케이스였다. 마음 붙일 친구들을 몇 찾은 것 외엔 단체생활도 어려웠고 좀처럼 적응하지 못했다. 입시를 통과해 대학생활을 즐기며 지내고 있는 학우들에겐 미안하지만 학과생활이 지독히도 재미없었다. 건축물을 스케치하는 시간 외에는 고역이었다. 소질과 관심 전부 없으니 당연한 일이었다.

설계 수업이 있는 날에는 제도판 앞에 서서, 혹은 캐드 화면을 켜놓고 늘 울고 싶었던 기억이 난다. 두려운 사각형이었다. 수업을 툭하면 빠졌으니 성적은 형편없었고 학과 내에서 존재감은 제로에 가까웠다. 전공과 직업이 강력하게 이어져야 된다고 생각했기 때문에 당시 더욱 괴로워했던 것 같다. 왜 그렇게까지 심각했는지 지금으로선 정말 모르겠지만, 제대로 망했다고 생각했다. 가끔 진로를 고민하는 대학생에게 메일이나 DM이 오면 너무 낙담하지 말고 전공이 맞지 않는다면 마음을 겸허하게 내려놓고 대학생활 자체에서 얻을 것이 있는지 살펴보고 즐기라고 답하곤 한다. 그때의 내가 누군가로부터 듣고 싶었던 이야기일 것이다. 사진을 찍을 시간을 자유롭게 운용할 수 있는 것만이 내 대학생활의 유일한 낙이었다. 사진 앞에서는 작아지지 않았다. 굳이 무엇도 되지 않아도 괜찮았으니 그랬을 것이다.

견디기 힘든 날에는 뷰 파인더를 바라봤다. 맨눈으로 바라 봐도 내게 찬란한 사각형이었다. 일상에서 환멸을 느낌과 동시에 순도 높은 즐거움도 느낄 수 있던 시절이었다. 아무도 내게 무언가 를 찍어달라고 부탁하지 않았지만 당시의 나는 사진을 찍고, 그것 들을 옮기고, 내가 생각하는 어떤 기준에 알맞게 색을 만지거나 트 리밍하는 일에 꽤나 열중해 있었다. 기술적인 면에선 비교도 할 수 없지만 지금 하는 일들과 크게 다르지 않은 과정들이었다. 생계와 전혀 연관이 되어 있지 않았을 뿐. 간혹 누군가 들러 리플을 몇 개 달고 갈 뿐인 블로그에 열심히 사진을 올렸다. 꿈이란 건 온데간데 없고, 현실은 답답한 그때의 내게 유일한 즐거움이었다. 지금도 나 름의 기쁨이 있지만 당시를 생각하면 무엇도 바라지 않고 사진을 찍으며 벅차오르는 행복을 느끼던 시간들이 떠오른다. 소중한 기억 이다. 오로지 사진을 찍고 싶어서 비행기 표를 끊고, 아르바이트를 하고, 산을 오르고, 해가 지기를 기다리고, 보트를 타고, 밤새도록 찍은 사진을 들여다보던 순간들을 가져봐서 다행이다.

현실 감각 없이 학교생활을 소홀히 하고 여러 과목들을 재 수강하며, 겨우 졸업을 한 나는 한 선배의 소개로 웹디자인 회사에 취직을 하게 되었다. 재밌게도 사진을 잘 찍는다는 이유였다. 실무 야 가르치면 되고, 사진을 잘 찍으니 기본적으로 레이아웃 감각이 좋을 것이라는 대표님의 알 수 없는 믿음과 나를 좋게 봐준 선배 덕 에 학부생 시절, 내내 방황만 하던 나도 회사원이 된 것이다. 사진 이 또 한 번 나에게 손을 내밀어 준 순간이었다.

설계실에서의 시간보다는 덜 힘들었고 실제로 웹 페이지를 그려나가는 일이 적성과 아주 멀리 떨어져 있진 않았지만 곧바로 괴로워지기 시작했다. 업계 특성상 숨도 못 쉴 정도의 야근이 이어졌기 때문이다. 사진을 찍으러 나갈 시간도, 사진을 만질 시간도, 사진을 어딘가에 올릴 시간도 없어지자 스스로 불행하다고 느꼈음에도 전직을 생각하지 못했던 건 오히려 사진을 너무 좋아했던 마음이 컸던 것도 있지 않았을까 가늠해본다. 모니터 앞에 앉아 창밖에 변화무쌍하게 흐르는 빛을 보면서, 저 명암들을 흘려보내는 게 눈물 나게 아깝던 날에는 수없이 자문해보기도 했다. 사실은 나의 내부에 어딘가 문제가 있는 건 아닌지. 어떤 불순물이 고여 있길래 뭘 해도 만족하지 못하고 제대로 작동하지 못하는 것인지. 새벽에 퇴근을 해서 다음 날 아침에 출근 준비를 해야 하는, 아무것도 찍을 수 없는 희미한 시간들이 이어졌다. "무엇이 적성에 맞을까" 혹은 "무엇으로 돈을 벌까"에 앞서 "무엇이라도 찍을 수 있는 시간이 조금이라도 확보되어야 제대로 기능할 수 있겠다"는 생각이 들었다. 사진을 직업으로 하게 된 건 그로부터 몇 년이나 지나고 난 뒤의 일이다.

그 마음을 잊은 줄로만 알고 있다가 얼마 전 『앙리 카르티에 브레송과의 대화』(열화당, 2019)라는 책을 읽으며 "카메라야말로 직관적으로 데생을 하는 신속한 도구"라는 표현을 만났다. 그리고 그야말로 진이 빠진 입시생이었던, 한심한 대학생이었던, 비관적인 회사원이었던 나를 떠올렸다. 낙제생 같은 시간의 터널들을 통과한 지금의 나는 어째서인지 카메라로 직관적인 데생을 하며 돈을 번다. 심지어 입시 미술에서, 학교에서, 회사에서 배웠던 많은 것들을 얄밉도록 알차게 써먹고 있다. 그때 알았다. 그 모든 기술들이 내가 좀 더 숙련되게, 그리고 조금 다르게 데생을 할 수 있도록 쓰이고 있다는 걸. 하고 싶었던 것은 사각형 안에서 무언가의 자리를 알맞게 잡아주는 일이었는데 그 중심을 바로 찾지 못하고 맴도느라 그것이 그림이었다가, 설계도였다가, 웹 페이지였다가 비로소 사진이 된 것이라는 것을. 오래전부터 가지고 오던 의문의 해답을 우연히 집어든 책에서 찾았던 그날, 필요 이상으로 갈피를 잡지 못했던 시간들이 지금의 원풍경(原風景)처럼 느껴졌다.

내가 뭘 하고 싶은지 즉각적으로 대답하고 찾아내 곧게 달려갈 수 있었던 사람이면 좋았을 텐데 안타깝게도 그러지 못했다. 그럼에도 행복해 그냥 해왔던 것이, 해도 해도 즐거운 것이 있었고 그게 단 하나의 심지였다. 살다 보니 전혀 예상도 못 했던 길이 내 앞에 나타났다고 생각했지만 좋아서 계속하는 일들이 나를 데려다 준 셈이었다. 명확한 재능이 없어 표류한다고 생각했지만 무언가를 지치지 않고 좋아해왔다는 것 자체도 내가 가진 큰 재능이었다는 것을 이제야 안다.

2

"언제부터 사진을 주 업무로 해야겠다는 다짐을 했나요?"
라는 질문을 받게 될 때면 사실 조금 곤란해진다. 여기서부터 저기
까지, 이쪽에서 저쪽으로 명확하게 구분할 수 없을뿐더러 어디까
지가 생각이고 어디에서부터 다짐인지, 내 의지가 어느 정도 발현
되었는지 도무지 알 수 없기 때문이다. 그럴 땐 외삼촌 핑계를 댄
다. 어느 정도 사실이기도 하다.

앨범을 들여다보면 엄마나 아빠가 찍어준 사진보다 외삼
촌이 찍어준 사진이 압도적으로 많다. 장소도 다양하다. 산, 바다,
놀이공원, 미술관, 외갓집, 당시 살던 동네…. 표정은 대부분 '내가
왜 여기서 사진을 찍히고 있지'라는 표정인 걸 보면 누가 봐도 자
발적으로 찍혔다고 볼 순 없겠다. 나의 둘째 외삼촌은 사진을 찍
는 사람이었고 지금도 사진을 찍는 사람이다. 가끔 누군가의 가족
사진을 찍을 일이 생기면 늘 외삼촌을 떠올린다. 그는 인생의 절반
이상을 누군가의 가족사진을 찍으며 보냈을 것이다. 결혼식장이거
나, 돌잔치이거나, 환갑잔치이거나, 각종 경조사로 인해 사진이 필
요한 날이면 외삼촌은 그곳이 어디든 나타나는 사람이었다. 돌이
켜보면 언제나 무겁고 큰 가방을 들고 다녔는데 아마 장비로 가득
하지 않았나 싶다.

가장 기억에 남는 건 오로지 사진에 찍히기 위해 한겨울 용문산에 오르던 기억. 올라가기 싫은데 억지로 억지로 산에 올라가 사촌 동생들과 사진을 찍고 다시 내려와 언 손으로 자장면을 먹던 기억. 이렇게까지 선명하게 기억나는 건 아마 그때의 시간들이 고스란히 사진으로 남아 있기 때문일 것이다. 찍히기 싫어 거의 울기 직전의 표정임에도 상관없이 찍혀 있는 사진들. 부지런히 이곳저곳을 돌아다니면서 조카들의 곤란한 표정들을 낱낱이 사진으로 남기는 것을 좋아했던 외삼촌. 결혼해서 가정을 꾸리기 전까지 쉬지도 않고 나와 내 동생, 사촌 동생들을 데리고 다니며 사진을 찍은 덕분에 우리에게는 두툼한 앨범이 여러 권 있다.

그의 에너지는 지금도 대단해 잠시도 시간을 가만히 흘려두지 않는다. 50대를 넘겼지만 여전히 커다란 가방을 메고 나타나며 거친 손으로 커피를 배우고 수영을 하고 목공을 배우며 캠핑을 다닌다. 뭔가를 배우기 위해 이 세상에 태어나 나이를 먹고 있는 사람처럼. 외삼촌은 사진도 우연히 배우기 시작했다. 군대를 가기 전 통역사의 꿈을 꾸던 외삼촌은 숙대 입구에 있는 통역 학원을 다니다 반포에서 사진관 알바를 시작한다. 모두가 필름으로 사진을 찍기 때문에 사진관이 호황을 누리던 때였다. 사진관에서 일하니 사진을 배울 일이 조금씩 생겼고 사회에서 사진을 배웠으니 사진병으로 입대를 하게 되었다. 통역과 사진이라니, 잘 붙지 않지만 그때는 사진관 알바를 구하기가 쉬웠다고 한다.

사진병은 사진을 찍는다. 부대의 승인하에 높은 사람이 오면 쫓아다니며 사진을 찍고, 행사도 찍고 그러다 보니 포상 휴가도 많이 나왔다고 한다. 수동 카메라를 쓰던 시절의 이야기다. 제대하고도 돈을 벌어야 해서 이런저런 알바를 했는데 당시 이모가 운영하던 일식집에서도 일을 했다. 아주 나중에서야 알게 된 사실이지만 그때 우리 엄마가 외삼촌에게 아르바이트는 그만하고 진지하게 사진을 찍어보라고 했다고 한다. 그 이야기를 듣고 나는 잠시 지금 사진을 찍고 있는 나를 보며 엄마가 무슨 말을 해줄지 궁금해졌다.

통역사의 꿈을 포기한 건지, 사진에 정말 뜻이 생긴 건지 알 수 없지만 외삼촌은 현대 칼라에서 낸 수강생 모집 기사를 보고 학원을 다니기 시작했다. 스물다섯의 나이였다. 그후 경희대 앞 미도 칼라 스튜디오에 취직을 했는데 첫 월급은 35만 원이었다. 그다음 주부터 그만둘 때까지 월급은 5만 원씩 올랐다.

외삼촌은 성실한 사람이었다. 그리고 배우고자 하는 열망이 큰 사람이었다. 나와서 열심히 일하고, 부족한 것은 배우고, 또 일하고, 배우면서 실장도 되었다가 학생도 되었다가 다시 행사도 다녔다가, 스튜디오도 차리면서 30년을 넘게 사진을 찍었다. 필름을 맡기고 사진을 인화하는 시기에서 모두 디지털카메라를 손에 쥐고 다니는 시기로 큰 변화가 생기던 시간이었다. 돈을 많이 벌 때도 있었고 사진을 인화하는 것이 주 수입이던 사진관이 사양 산업으로 접어드는 것을 지켜볼 때도 있었다. 카메라를 잡고 생계도 꾸리고 자식도 키우면서 치열하게 보낸 시간들이었을 것이다.

사진을 매개로 이야기를 나누게 되면서 오래도록 알던 외삼촌을 새롭게 알게 된다. 작업의 재미에 대해 이야기를 한다. 조명의 한계에 대해 이야기를 한다. 촬영 전의 떨림에 대해 이야기 한다. 필름을 쓰던 시절에는 더했기 때문에 어쩔 수 없이 까탈스러운 완벽주의자가 되었다는 이야기를 한다. 장비에 기대는 마음에 대해 이야기한다. 경험에 의해 노출이 나온다는 이야기를 한다. 결과물이 완성되기 전까지의 불안함을 이야기한다. 확실히 좋아서 시작한 것이 맞다는 이야기를 한다. 새삼스럽게 몇 십 년을 뛰어넘는다. 동력도 공포도 나와 같구나.

때로는 현상소가 있던 시절, 행사 사진이 사진가들의 주요 수입이던 시절에 대해 이야기를 듣는다. 부유한 사람들만이 특별한 날에만 찍는 것이 사진일 때의 이야기를 듣는다. 호텔에서 일할 때는 대통령도 찍고, 남북 경협 회담도 찍었다는 이야기를 듣는다. 어떤 행사에 갔더니 조폭들이 즐비했고 알고 보니 조폭들의 행사였다는 이야기를 듣는다. 결과물을 확인할 수 없는 필름 사진 때문에 생긴 트라우마를 듣는다. 20년, 30년 된 실장님들에게 물어봐도 모두가 똑같더라는 이야기를 듣는다. 사진사라고 하면 양반이라 불리며, 인기가 좋았던 시절에 대해 이야기를 듣는다. 돈이 잘벌릴 때의 성취감에 대해, 휴대폰에 카메라가 달려 나오기 시작했을 때의 난감함과 아찔함에 대해 듣는다.

"삼촌, 난 사진을 배운 적이 없는데 틀렸다고 생각하지 않아?"

"맞게 찍고 틀리게 찍고가 없지. 사진에는 그런 게 없지."

배운 적도 없고, 치열한 지망생 시절을 거친 적도 없이 사진으로 돈을 벌게 된 나는 삼촌의 생각이 늘 궁금하지만, 그에게서 부정적인 답변을 이끌어내는 것만큼 어려운 일도 잘 없다. 누구나 카메라를 들고 돈을 벌 수 있는 요즘 같은 시절을 달갑지 않게 보거나 의아해 할 법도 한데 나와 사진 이야기를 하는 삼촌은 아주 즐거워 보인다. 나의 경력이나 행보가 틀렸다고 여긴 적은 없으며 그저 신기하다는 생각을 했다고 힘주어 말했다. 완전히 다른 세대의 인물이라는 것을 느꼈다고, 나를 보면서도 새로운 시대를 배운다고 이야기했다. 나는 내가 앞으로도 쉽게 가지지 못할 것만 같은 그 태도에서 겸허한 교양을 느꼈다.

"직업이라는 건 무엇보다도 재미가 있어야 해. 삼촌은 사진으로 돈 잘 벌릴 때, 그래서 성취감이 있을 때 사진이 정말 재밌었어."

솔직하게 돈에 대해 이야기하는 직업인으로서의 모습도 좋아한다. 사람을 만나서 이야기를 나누는 것을 좋아하기 때문에 다시 돌아가도 사진을 할 것이라는 이야기를 듣는다. 사진을 찍는 다는 건 그야말로 다양한 사람을 접하는 일이라고, 사람 보는 눈이 생기는 일이라고, 찍는 것도 좋았지만 그게 너무 좋았다는 이야기를 듣는다. 낯선 사람을 만나는 것에, 무언가를 새롭게 익히는 데에 두려움도 거부감도 긴장감도 없는 외삼촌. 평생을 배워온 삼촌에게서 나는 듣고 배운다.

삼촌은 사진을 이렇게나 오래 찍을 거라 생각하지 못했다고 했다. 사진으로 돈을 벌 것이라고 처음부터 상상하지 못했다고 했다. 그건 나도 그렇게 생각한다고, 그래서 신기하다고 삼촌의 이야기를 들으며 조용히 생각했다. 나 역시 사진 앞에 거창한 목적이나 이루고자 하는 포부가 있는 것도 아니었기 때문에. 하지만 내가 삼촌과 결정적으로 달랐던 건 누군가를, 무언가를 찍는 사람이 항상 옆에 있었다는 것이다. 나는 그 사람을 보며 커왔다. 소중한 것을 찍어 남기고자 하는 의지도, 꾸준히 나아가는 힘도 나의 오래된 앨범 낱장 낱장마다 꽂혀 있다. 직업에 관한 질문을 받을 때면 언제나 젊은 외삼촌의 얼굴과 무거운 가방을 떠올렸다. 일로 하고자 하는 마음은 어디에서 왔는지 불분명해도 사진을 찍고자 하는 마음은 어디에서 왔는지 잘 알 것만 같았다.

248

3

카메라에는 오토 화이트 밸런스(AWB, Auto White Balance)라는 모드가 있다. 색온도를 자동으로 보정해서 자연스럽고 중립적인 사진을 만들어주는 설정이다. 보통 화이트 밸런스, 줄여서 화밸을 바로 잡아준다는 표현을 많이 사용한다. 잡아준다는 동사에서 어렴풋이 알 수 있듯이 잘못된 것을 올바르게 고쳐준다는 의미다. 이 기능을 기준으로 판단하면 어떤 사진들은 명백하게 균형 잡히지 않은 사진들, 그러니까 언밸런스에 가깝다. 화이트 밸런스가 적절하지 않다는 것은 정확한 색감을 표현하지 못한다 혹은 무언가가 틀어졌다는 뜻이기도 하니까. 오토 화이트 밸런스의 세계에서는 흰색은 흰색이어야 하고, 파란색은 우리가 보는 파란색이어야 한다. 피부 톤은 자연스러워야 하고 숲과 나무는 푸릇해야 한다. 정답을 제시하는 모드다.

아주 드물게 정확하게 색을 기록해야 하는 임무가 주어진 작업이 아니라면 나는 이 모드를 거의 사용하지 않는다. 눈에 보이는 것과 다르거나, 더 과장되거나, 어쩌면 부자연스러운 사진을 좋아하고 더 치우치려고 노력한다. 시각 관성에 머무르려는 눈을 다른 쪽으로 밀어붙인다. 어떤 정확함을 따르고 싶지가 않아서이다.

나는 늘 소심하고 걱정이 많은 아이여서 특별히 엇나가지도 않았고, 또 그래서 눈에 띄게 특출 나지도 않았다. 어딜 가도 비슷한 누군가를 꼽을 수 있는 아주 평균적인 사람이었다. 몰입도 일탈도 없이 학창시절을 보내고 대학에 입학하고 졸업하고 취직했다. 큰 소리로 의견을 내는 일도 드물었다. 과거형으로 말하고 있지만 지금의 나를 이루고 있는 어떤 요소들이기도 하다. 여전히 모나지 않은 모습으로 누군가의 기분을 상하지 않게 하려고 노력한다. 남들보다 잘하는 것도 떠올리기 힘들다. 새롭거나 낯선 것에 약간의 거부감을 느끼고 수동적이다. 그러나 카메라를 든 나는 조금은 달라질 수가 있다. 프레임 안에서는 원래의 기질에 반발하기도 하고 가끔은 뒤집어버린다. 그렇게 될 수가 있다. 바꿔 말하면 이 세계에서까지 원래의 나로 있고 싶지 않은 것이다.

노을이 지는 어떤 순간을 상상해본다. 유난히 날씨가 좋은 날, 그래서 아주 길고 짙은 골든아워가 이어지는 저녁에. 빛과 그림자의 윤곽선이 뚜렷해지면서 주변의 벽과 바닥과 물체들이 일제히 석양에 물드는, 색이라는 개념이 의미가 없어지는 시간을. 모두가 그저 그 황금빛이 스며들도록 받아들이는 순간을. 그 숨 막히는 아름다움 속에서 적어도 내게는 화이트 밸런스가 아무런 의미가 없다. 그 순간의 격정적인 감흥을 가져올 수 있다면 정답에서 멀어져도 괜찮다. 원래의 색을 찾아내고 교정하려는 시도 자체가 그 순간에는 오히려 억지스럽다. 인생에서 종종 마주치게 되는 어떤 정답이라는 이름으로 들이밀어지는 요구들이 그렇듯이. 어떤 부자연스러움이 어느 순산에는 자연스러움이듯이. 오자 없이 전달해야 하지 않아서, 탁월하다면 재편에도 찬사를 보내는 세계여서 나는 사진을 찍고 만지는 것이 좋았다.

언제나 나는 그런 부자연스럽고 비현실적인 순간들에 강하게 매료되었고 내가 할 수 있는 모든 방법을 동원해 남기고 싶었다. 일상에서 아주 잠깐씩 찾아오는 장면들. 평범한 하루하루보다는 조금 특별하고 사라지면 정말 있었던가 싶지만 또다시는 만날 수 없을 정도로 기적까지는 아닌, 내 기준에서는 찬란한 어떤 찰나들. 막연한 마음으로 조금씩 글을 쓰거나 그림을 그렸지만 여전히 나처럼 특색 없고 희미한 표현들을 만들어내고 말뿐이어서 언제나 괴로웠다. 아주 운이 좋게 잘 맞는 카메라라는 도구를 찾아내었다. 그리고 때로는 어떤 방식이나 공식들을 무시한다. 자유로워질 수 있었다.

가능한 선에서 종종 균형에서 멀어지고 싶다. 때로 가공이 필요하다면 그렇게 하고 싶다. 고르지 않아도 주저 없이 기록하고 싶다. 그래서 사진이 내게 꼭 필요해졌음을 잊지 않는다. 어느 한쪽에 치우치는 마음이 때로는 나를 바로잡아준다고 믿는다.

4

사진 촬영을 계획하고 걷는 것보다 걷다가 무언가를 우연히 발견하고 찍게 되는 편이 더욱 즐겁다. 잘은 모르지만, 아마 이 세상의 많은 멋진 사진들이 그렇게 의식하지 않은 과정을 거쳐 찍혔을 것이다. 카메라를 들고 걷는 것은 상당히 성가신 일이지만 그 성가신 행위가 주는 환기가 있다. 돌이켜보면, 눈과 손과 발이 연동되고 깊이 몰입하는, 어디까지가 촬영이고 어디까지가 산책인지 모르겠는 순간들에 기대어 많은 감정들을 해소해왔다.

카메라를 들고 산책을 하는 것만큼 도시를 다르게 훑어볼 수 있는 일이 또 있을까. 촬영에 흥미를 가진 사람이 카메라를 드는 순간 눈은 렌즈와 같은 역할을 하기 시작한다. 사진은 기본적으로 무언가를 끊임없이 보게 만들고, 찍고자 하는 사람을 움직이게 만드는 힘이 있다. 그때부터 눈은 포커스를 이리저리 맞추며 탐색을 시작하는 것이다. 빌렘 플루서(Vilém Flusser)는 사진기를 들고 있는 사람들의 움직임을 구석기 시대 사냥꾼의 수렵 몸짓에 비유하며, 다만 사진가는 넓은 초원이 아닌 시대의 문화라는 덤불 숲속에서 추적하고 덫을 놓는다고 그의 저서 『사진의 철학을 위하여』(커뮤니케이션북스, 1999)에서 말한 바 있다. 빛의 조짐들을 살피고, 원하는 장면을 위해 누군가가 지나가기를 한참을 기다려보기도 하면서 걷거나 멈춘다. 마음을 흔들어놓을 만한 장면은 대부분 약속 없이 찾아오기 때문에 집중이 필요하다. 카메라의 도움을 받아 때때로 도시 속으로 깊은 산책, 즉 장면 채집을 하게 된다.

그러므로 빛과 그림자, 대기의 온도와 습도가 적당히 좋은 어느 날에 너무 무겁지 않은 카메라를 하나 들고 걷는 것은 시신경과 근육을 동시에 단련할 수 있는 일이다. 혼자서 할 수 있으면서도 주변과 긴밀하게 접속하기도 하는 풍성한 취미이다. 또 길만 있으면 어디서든 이어서 할 수 있고, 낯선 곳에서는 더 신나는 취미이기도 하다. 특별히 마음에 드는 컷을 얻게 된다면 더욱 좋겠지만 그렇지 않아도 괜찮다는 느긋한 마음이 필요하다. 본인에게 각별한 장소가 있다면 더욱 좋고, 여행을 갈 수 있는 시간적 여유가 있다면 더더욱 좋겠다. 나를 의미 있는 장소에 데려다 놓을수록 사진을 찍는 마음에도, 사진 자체에도 힘이 생긴다.

걷는 것을 특별히 즐기는 편은 아니지만 카메라를 가지고 있다면 이야기가 좀 다르다. 유난히 많이 걷던 시기가 있었다. 돌이켜보면 무언가를 앓고 있거나 혹은 잃고 있던 시기가 아니었을까 싶다. 주로 말을 많이 하지 않거나 사람들을 만나지 않는 방식으로 나를 닫았다. 모두가 당연하게 매일매일 살아 있다는 것에, 그러다가 아무렇지 않게 죽어버릴 수 있다는 것에 의문을 가지던 시기였다. 특수 관계인의 갑작스러운 죽음을 한 번 겪으면 오히려 생각은 그렇게 반대편으로 튕겨나가는 듯했다. 안으로 향한 부분이 조용히 타들어가고 재를 어디로도 털어내지 못하던 시기였다. 뭔가를 찍는 행위가 아니었으면 꼼짝하지 않으며 지냈을 것이 틀림없다. 그때 카메라는 나의 유일한 산책의 구실이자, 언어보다는 덜 괴로운 입출력 도구이자, 말없이 함께 걸어줄 수 있는 존재였다. 그렇게라도 외출을 할 수 있다는 것이 중요했다. 그때의 나에게 카메라는 미학적이기보다는 그런 실용적인 기능을 했다.

보급용 DSLR은 제법 무거웠지만 괴로운 마음보다는 무겁지 않아서 혼자 매일매일 카메라를 들고 나갔다. 따로 갈 곳도, 허락을 구하고 찍을 만한 것도 없었지만 동네를 걷고, 한강을 걷고, 낯선 곳으로 버스를 타고 갔다. 대단한 걸 찍는 데 큰 관심이 없다는 것을 알아차리고 나니 차라리 마음이 편했다. 앞으로도 남들은 별 관심없이 지나쳐 갈 만한 풍경을 기웃거리는데 오랜 시간을 쓰게 될 것이라는 걸 직감하게 되는 나날들이었다. 특별한 의미 없는 사진들이 쌓이고 여러 번의 계절이 지나갔다. 그때의 사진들을 가끔 꺼내보면 어떤 감정들과 밀착되어 있는 장면들임을 느낀다. 질리도록 걷고 토해내듯이 찍었다. 해방감이 가득한 시간들이었다. 어디에도 보여줄 생각이 없는 것들을 마구마구 만들어내는 행위가 주는 감정 정화 작용에 대해 생각해본다.

해 질 녘의 분위기나 광도가 유독 아름답다는 것은 매일 오래오래 산책을 하며 촬영을 하다가 알게 되었다. 일몰을 향해 천천히 빛과 그림자가 바뀌어가는 모습을 관찰했다. 노을을 찍기 위해 실내에서 기다렸다가 잠시 나갔으면 몰랐을 것이다. 렌즈로 들여다보고, 셔터를 누르려 하지 않았으면 무심결에 지나쳤을 풍경들이 내 곁에 너무나 많았다. 거리를 걷고, 오후 여섯 시가 될 때까지 천천히 걸음을 옮기고, 멈춰 서서 뷰 파인더로 확인하며 셔터를 누르려 했기 때문에 알게 된 사실이었다.

담벼락의 장미가 지난달과 모양을 바꾼 것. 능소화와 여름의 열매들이 흐드러지게 바닥에 떨어진 것. 오후와 저녁과 밤의 경계가 아슬아슬하게 허물어지는 것. 저 너머 작은 파열음을 내며 사라지는 불꽃들은 눈으로는 볼 수 있지만 카메라로는 쉽게 담을 수 없다는 것. 그렇게 또 한 번 계절들이 가고 있다는 것. 무너질 것 같았던 마음이 아주 조금씩 나아지고 있다는 것…. 모두 그해의 긴긴 산책들과 카메라가 알려준 것들이었다.

자연스럽게 찍는다는 것

5

자연스러운 사진을 좋아해서 자연스러운 사진을 찍고 싶다. 그러나 커다란 기계를 들이대며, 때로는 플래시를 터트려가며, 여러 사람들이 보고 있는 것을 뻔히 알면서 큰 소리로 어서 자연스럽게 웃어보라고 요구하는 사진가만큼 부자연스럽고 부담스러운 존재도 없을 것이다. 카메라에 찍힌다는 건 보통 곤욕스러운 일이 아니다. 나 역시도 가끔 사진 찍힐 일이 생기는데 오장육부 중 세 개 정도는 뒤집어질 것 같다는 생각이 든다. 렌즈 앞에 서는 것이 두렵지 않다면 참으로 드문 재능을 가지고 있다고 생각해도 좋다.

　　어쨌든 (드물지만) 찍힐 때도, 찍을 때도 자연스러운 상황을 추구하다 보니 나름의 노력을 한다. 먼저 큰 소리를 내고 많은 것을 연출해야 하는 촬영은 피하는 편이다. 종종 사진은 말이 필요 없어서, 말을 대신해주어서 좋은데 어떤 현장은 말이 더 중요하기도 하다. 그런 현장은 내게 맞지 않다는 것을 일련의 경험들로 깨달았다. 작은 목소리로, 최소한의 말을 건네도 괜찮은 현장들이 있다. 다행히도, 이 세상엔 너무나 다양한 촬영과 사진이 필요하니까.

날씨가 좋지 않거나 특수한 상황이 아니면 장비는 최소화하려고 한다. 피사체가 카메라나 촬영 현장에 익숙하지 않은 상태라면 더욱 그렇다. 개입하는 요소들이 많지 않고 거추장스럽지 않아야 덜 뻣뻣한 분위기가 된다고 믿기도 하고, 특히 광원은 태양 하나일 때가 좋다. 어두우면 어두운 대로, 밝으면 밝은 대로 햇빛을 그대로 받아들이는 피부와 동공이 자연스럽다고 느낀다. 자연광이 피부에 스며들고 순응할 때에는 그날의 날씨가 흐리면 흐린 대로, 맑으면 맑은 대로 좋다. 눈이 오는 날에도, 비가 오는 날에도 분위기가 각각 다른데 다른 대로 멋지다고 느낀다. 특히 눈이 오면서 드물게 빛이 맑은 날에는 태양에 돔 디퓨저를 끼워둔 것처럼 부드럽고 은은한 분위기의 사진을 찍을 수 있기 때문에 강렬한 태양과는 또 다른 매력이 있다. 비가 오면 빛은 부족하지만 모든 사물의 색이 조금씩 침잠하듯 가라앉는 차분한 느낌이 좋다. 물론 대부분 햇빛이 풍부한 날을 선호하기 때문에 이런 날 누군가를 찍을 일은 드물다.

플래시를 터트리며 찍는 일도 최소화하고 있다. 억지로 조명을 쓰기보다는 사진을 찍는 그 순간, 보고 있던 장면처럼 나오길 원하기 때문이다. 물론 현장에서 매번 고집을 부릴 수는 없기 때문에 상황에 따라서 항상 변하는 내용들이다. 어둡고 칙칙한 환경에서 조명까지 최소화하면 아무래도 촬영을 이어나가기 어렵기 때문에 자연광을 최대한 잘 유입시키려 언제나 노력한다. 장소 선정에도 신경을 쓴다. 모든 것이 여의치 않을 때는 조명으로 자연광을 흉내 내기도 한다. 하지만 자연광을 활용할 수 있는 상황이라면 그 어떤 장비도 필요가 없다고 생각한다.

역시 가장 중요하다고 느끼는 것은 빠르게 상대방의 장점을 파악하는 일이다. 이것만은 자신이 있다. 내가 사진을 찍는 데 가장 유리한 부분이 있다면 그것은 누군가의 강점이 될 만할 부분을 잘, 그리고 재빨리 찾아낸다는 점일 것이다. 한마디로 좋은 점을 보는 좋은 점을 가지고 있다. 눈을 감았을 때 유독 단정한 느낌을 주는 사람, 입매에 살짝 힘이 들어갔을 때 좀 더 선명한 인상이 되는 사람, 손이 예뻐 손과 함께 포즈를 취했을 때 돋보일 수 있는 사람, 자세가 곧은 사람, 옆모습이 그림 같은 사람, 무표정할 때보다 웃을 때 훨씬 시원스러운 사람…. 일단 장점을 찾아내면 무언가를 과하게 요구하지 않아도 되고 찍히는 사람 쪽에서도 애쓰지 않아도 된다. 그 장점이 가장 돋보일 수 있는 포즈만 살짝 요청하거나 내가 잘 관찰하다가 가장 멋진 순간에 다가가면 되는 것이다. 최대한 그런 촬영 환경을 만들려고 한다. 다 나만 잘하면 되는 일이다.

내가 찾아낸 빛나는 부분을 상대방에게 전하는 것도 잊지 않는다. 처음 만난 사람과 대수롭지 않게 이야기할 수 있는 넉살을 가지고 있는 편은 아니지만, 빈말이 아니기 때문에 느슨히 칭찬을 건네는 일은 어렵지 않다. 본인의 멋진 모습을 전해 들었을 때 어깨에 힘이 들어가거나 긴장을 하기 시작하는 사람은 잘 없다. 시간이 허락한다면 가끔은 진짜로 대화를 나누는 것도 하나의 방법이다. 천을 걷고 들어가 숫자에 맞춰 철컥하고 사진을 찍으면 끝나는 증명사진 기계가 아니라 사람과 사람이 하는 일이기 때문에 결국 대화를 나누면 나눌수록 분위기는 조금씩 풀어진다. 사진을 찍힌다는 생각으로 경직되었던 표정들도 약간은 이완된다. 주변에 피사체와 친근한 누군가가 있다면 말을 건네주기를 요청하기도 한다. 억지로 입꼬리를 들어 올려 웃는 것보단 항상 쓰던 근육들을 사용하고 있는 얼굴이 낫지 않을까, 그런 생각이 든다. 내가 찍은 사진 속 인물이 누군가를 바라보고 있거나 이야기를 하고 있는 사진을 본다면 시선 너머엔 다정한 누군가가 있었겠구나 상상해보는 것도 좋겠다.

분위기를 잘 담고 싶다. 그것이 언제나 큰 고민이자 과제이다. 잡을 포(捕), 잡을 착(捉)이라는 한자를 쓰는 포착이라는 단어는 너무 날카롭고 억지로 잡아두는 느낌이다. 인물과 그 인물 특유의 기운, 그리고 인물 주변의 공기를 살짝 데리고 오는 정도의 느낌으로 보는 사람에게 전송하고 싶다. 얼마나 많은 노력과 경험이 필요할까.

나름의 노력을 기울일 정도로 나는 자연스러운 사진을 좋아하는 모양이다. 조금 더 부연하자면, 자연스럽게 사진을 찍으러 나가고 싶어지는 사진도 무척 좋아한다. 나에게 좋은 창작물의 기준은 노래 부르고 싶어지는 노래, 글 쓰고 싶어지는 글, 그림 그리고 싶어지는 그림 같은 것이다. 자연스럽게 그러한 마음들이 불러일으켜지는 누군가의 결과물들을 좋아한다. 비상하고, 위대하고, 감히 범접도 할 수 없는 스케일의 창작물도 누군가는 만들어내야 하고 너무나도 대단하다고 생각하며 소비하지만 즐기는 것으로 만족한다. 반면 나는 역시 작은 세계를 만들기를 좋아하는 사람이 맞다. 압도하는 무언가보다는 가능하다면 "나도 뭔가 해보고 싶다"라는 마음이 순환되는 창작을 하고 싶다. 여백이 있어서 잠시 머물 수 있는 사진, 가볍게 카메라를 들고 산책이라도 나가고 싶게 하는 사진이 지금까지는 나의 목표다. 잔잔한 무언가를 별 탈 없이, 오래오래 만들어내길 바란다.

6

촬영 전날은 뭘 해도 떨린다. 준비를 많이 해도, 푹 쉬어도, 셀 수 없이 여러 번 촬영장의 풍경을 그려보아도, 모든 생각을 차단하기 위해 유튜브나 넷플릭스를 켜도, 적당히 누군가를 만나며 시간을 보내도, 아무것도 안 해도, 공포에서 벗어날 수가 없다.

종종 꾸는 악몽 내지는 자꾸 떠올리게 되는 고약한 상상이 있다. 그 안에서 언제나 나는 구체적으로 망한다. 예를 들면 촬영장에 갔는데 배터리나 메모리 카드가 없는 것이다. 어렵게 시간을 맞춰 모인 모든 스태프들은 만반의 준비를 마친 후 나를 기다리고 있고 그날 처음 보는 모델 혹은 배우 혹은 인터뷰이는 초조한 표정으로 나를 바라보고 있다. 촬영 장소가 지방 혹은 해외라면 문제는 더욱 심각해진다. 꿈이어도 끔찍한 상황이다. 혹은 내가 탄 차가 6중 추돌 사고에 휘말리거나 알람을 듣지 못해 촬영 시작 시간이 훌쩍 지난 후 깨어난다는 망상도 해본다.

몇몇 상황은 실제로 겪어본 적이 있다. 아직도 생생하게 기억하고 있는 실수다. 온라인에서 우연히 알게 되어 소식을 주고받으며 지내던 동갑내기 지인의 졸업 영상 스틸컷을 찍어주기로 한 언젠가의 여름이다. 당시 나는 사진을 직업으로 하고 있던 시기도 아니었고 지방 촬영, 심지어 스틸컷 촬영은 처음이었기 때문에 전날 밥도 못 먹을 정도로 몹시 긴장을 했다. 혹시나 늦을까 봐 몇 번이나 시간을 확인하며 조치원역에서 내렸다. 길치들은 잘 못 찾는 길을 찾으며 쓸데없이 에너지를 허비하기보다는 택시를 맹신하는 경향이 있는데 그날도 역에서 내리자마자 택시부터 잡아탔다. 다행히 약속된 시간, 약속한 장소에 도착했고 리허설 준비가 한창이었다. 짧게 인사를 나누고 카메라 가방을 열어 카메라를 꺼내는 순간 나는 정말 말 그대로 등줄기에 소름이 돋았다. 카메라에 배터리가 들어 있지 않았다. 모든 배터리를 완충 상태로 가지고 오고 싶어 밤새 돌려가며 충전기에 꽂아두었고 그대로 집에 두고 기차를 탄 것이다.

자초지종 설명을 듣고 굳어졌을 스태프들의 얼굴을 뒤로 한 채 바로 나와서 택시를 잡았다. 사실은 그 택시를 잡아타고 어디로든 도망가 카메라로 내 머리를 내려치고 싶은 기분이었지만 그럴 자격은 내게 주어지지 않았다. 어떻게든 수습을 해야 했다. 오늘 배터리를 구하지 못하면 내일 본 촬영도 할 수 없게 되기 때문에. 졸업 심사를 위한 뮤직비디오였으므로 오랜 시간 동안 많은 사람들이 준비했을 중요한 현장이었다. 무엇보다 나를 믿어준 감독 지망생 지인에게도 미안했다. 언제나 나의 작은 재능을 높이 쳐주던 친구였다. 도움이 되기는커녕 엄청난 피해를 줄 수 있다는 생각에 택시 안에서 <이별택시>의 김연우처럼 울었다. 우는 손님이 처음인가요…. 달리고 달려 충주시에 있는 카메라 대리점을 겨우 찾아 배터리를 구입하고 다시 택시를 타고 현장으로 돌아갔을 때는 리허설이 끝나 있었다. 모두 내일을 위해 장비를 정리하며 해산할 준비를 하고 있을 때 도착한 내가 어떻게, 어떤 표정으로, 어떤 말들로 사과를 했는지 지금은 잘 기억나지 않는다. 너무 창피한 기억이라 강제로 잊어버린 것 같다. 죽도록 미안했다는 감정만이 남아 있다. 해가 뉘엿뉘엿 넘어가고 있었다는 것, 주변이 붉게 물들고 있었다는 것, 정신없는 와중에 감독님과 스태프들이 내게 괜찮다는 말을 해준 것만 기억이 난다. 사실 괜찮지 않았을 텐데도. 하룻밤 묵을 수 있도록 마련해준 숙소에서도 울었다. 다음 날, 본 촬영을 무사히 마쳤지만 나는 서울로 가는 기차 안에서까지 얼굴을 들 수 없었다. 경험 부족과 준비 부족이 빚어낸 그야말로 지옥 같은 실수였다. 정말로 기본이 안 되어 있었던 것이다.

다행이랄 게 있다면 이렇게 호되게 당하고 나면 다시는 같은 실수를 하지 않게 된다는 점이다. 아직도 내게는 강박적으로 배터리 도어 커버를 몇 번씩 열고 확인하는 습관이 있다. 배터리를 이중으로 보관해두거나 가끔은 촬영장 근처의 카메라 용품점을 검색해두기도 한다. 그날의 결례를 생각하며. 당시 수고비와 숙소까지 마련하며 아마추어였던 나에게 스틸컷 촬영을 맡겨준 대인배는 지금 왕성하게 활동하고 있는 이래경 감독님이다. 아이유, 지코, 태연, 자우림 등 이름만 들으면 누구나 아는 가수들의 뮤직비디오를 연출했다. 네이버에 '이래경'을 치면 나오는 프로필 사진은 내가 울며불며 배터리를 사 온 다음 날 찍은 감독님 사진이다. 얼마 전 연하장을 보냈는데 길고 다정한 답장이 왔다. 쭉 응원할 수밖에 없는 그릇을 가진 사람이다.

몇 번의 실수를 바탕으로 완벽을 기하는 사람이 된다면 더할 나위 없이 좋겠지만 나는 그렇게 빈틈없는 사람이 아니고 세상은 그렇게 만만하지가 않다. 매번 새로운 변수를 만나고 미묘하게 다른 불안이 찾아온다. 모든 것을 통제하면 극복할 수 있지 않을까 하는 생각에 콘티, 시간 분배, 포즈, 동선, 조명 등 준비에 준비를 거듭하고 나간 촬영장에서 갑자기 메인 렌즈가 멈춰버린다거나(처음 있는 일이었다) 일기예보를 잔인하게 배신하고 비가 쏟아져 내리는 일도 있다(이건 자주 있는 일이다). 모두가 잘하고자 모였지만 각자 머릿속에 있는 그림이 달라 언성을 높이는 일도 있다. 정말로 어쩔 수 없는 일이다. 계획대로 어긋나지 않게 착착 풀리는 현장은 사실 열 번 중 한 번도 만나기 힘들다.

어쨌든 규모와는 상관없이 촬영 전날이면 출처 모를 두려움과 외로움이 밀려온다. 일정이 취소되지 않는 이상 어김없이 만나게 되는 감정이다. 가장 좋아하는 행위라고 망설임 없이 말할 수 있지만 그 무엇보다 스트레스를 받게 하는 행위이기도 한 것이다. 물론 이 감정들이 잘하고 싶은 마음에서 오는 걸 안다. 불행인 건지 행복인 건지 사진을 좋아하는 마음, 찍을 때의 행복함을 먼저 알아버렸기 때문에 불면의 밤을 넘기며 이 일을 하고 있다. 만약 이런 두려움과 압박감을 먼저 알았으면 쉽게 일로 삼지 않았겠지. 아니, 그래도 했을까? 안 했겠지. 모르겠다. 했을지도 몰라. 매번 하는 생각들이 밤이면 다시 찾아와 교차한다. 도망자와 추격자 같다. 회피하고 싶은 마음과 어떻게든 완수하고 싶은 마음이 서로서로 달아나고 뒤쫓는다. 그중 가장 공포스러운 것은 이를 평생 극복할 수 없을지도 모른다는 생각이 든다는 점이다.

사실은 당연하다. 대가를 받고 책임을 지는 일이니까. 이일을 취미의 영역으로 남겨두지 않았기 때문에 기꺼이 감수해야 한다. 타인의 믿음 위에서 떨어지지 않고 균형을 잡아야 한다. 창작이전에 돈을 번다는 것은 그런 것이다. 생계유지와 자아실현이 톱니바퀴처럼 맞물려 돌아가는 한 어쩔 수 없이 누구나 마주칠 수밖에 없는 근심일지도 모르겠다.

무섭고 긴 밤이면 스티븐 스필버그가 영화를 만드는 과정 중 가장 싫은 순간에 대한 질문에 '차에서 내릴 때'라고 답변했다는 일화를 떠올린다. 차에서 내리면 현장의 모든 사람들이 그를 기다리고 있을 테니까. 그 순간부터 촬영장을 진두지휘해야 하니까. <죠스>와 <ET>의 아버지, <환상 특급>과 <백 투 더 퓨처>의 감독, 할리우드를 대표하는 거장조차도 그 중압감에서 벗어나기는 힘든 모양이다. 그러면 마음이 한결 편해지는 것이다. 저 대단한 사람도 통과할 수밖에 없는 감정인데 나 같은 범인이 비켜갈 수 있을 리 없다고. 그가 TED에서 '창의적인 사람이 되기 위한 10가지 방법' 같은 타이틀을 달고 강연을 한들 저 한마디만큼 내게 위로가 될까. 다큐멘터리 <스코어>에 나온 작곡가 한스 짐머의 명언 "어떻게 할지 전혀 감이 안 잡히는데, 그냥 다시 전화해서 다른 사람 쓰라고 할까…"를 생각하며 창작자들 각자의 공포와 두려움을 떠올려본다.

힘 빼고 즐기며 하는 사람들도 있지만 최후의 최후까지 고통스러워하며 무언가를 만들어내는 사람들이 있다. 천재도 거물도 무엇도 아닌 나는 결국 후자에 감정 이입을 하게 된다. 결국은 모두가 불안과 공포를 모래주머니처럼 다리에 묶고 무게를 이겨가며 터벅터벅 걸어 나가고 있는 거라고 생각하면 어쩐지 꺾이는 무릎으로라도 한발 한발 용기를 내서 나아가고 싶어지는 것이다.

7

언제나 인터뷰를 좋아했다. 서점에 가면 시나 소설보다 대담집을 고르는 사람이었다. 잡지를 사면 가장 먼저 인터뷰 페이지를 펼쳤다. 팬이어서 인터뷰를 찾아보는 경우도 있고 인터뷰를 읽다 팬이 된 경우도 있다.

답하는 사람만큼 묻는 사람의 면면이 흥미롭게 느껴질 때도 있다. 매체 성향에 따라 달라지긴 하지만 철저하게 정보를 수집하려는 인터뷰어가 있고 신변잡기에 열중하는 인터뷰어가 있다. 누구에게 물어도 이상하지 않을, 다시 말해 무색무취의 질문만을 던지는 인터뷰어가 있고 한 사람을 집요하게 파고들어 알아오지 않았다면 절대 묻지 않았을 질문을 던지는 인터뷰어가 있다. 수많은 인터뷰를 읽으면서 흥미로운 대화는 결국 선명한 질문에서 시작된다는 것을 깨달았다. 얼핏 인터뷰어는 대화의 주도권을 상대에게 내어주고 유심히 듣는 사람처럼 보이지만 사실은 설계자에 가깝다고 느껴진다. 매력적인 인터뷰에는 언제나 매력적인 질문을 던지는 사람이 있었다.

그런 내가 인터뷰 촬영을 좋아하게 된 것은 아주 당연하면서도 운명적인 일이다. 객원 포토그래퍼로 참여했던 «포스트 서울»은 서울의 문화와 라이프스타일, 그리고 서울에 거주하는 사람들을 소개하는 매거진으로 나에게 처음으로 인터뷰 촬영의 재미를 느끼게 해주었다. 작업 자유도가 높았고, 다양한 현장을 경험해볼 수 있는 시간들이었다. 당시 사진가로서 이렇다 할 포트폴리오가 없던 나에게 함께하자고 제안을 해주신 임나리, 우해미 대표님께는 여전히 깊이 감사하고 있다. 아직까지도 기억에 남는 에피소드가 있다. «포스트 서울» 첫 촬영에서 생긴 일이다. 제안을 받아들였지만 내가 잘할 수 있을지, 사진가로 활발히 활동하고 있는 사람이 아닌데 양쪽 다 만족스러운 결과물을 낼 수 있을지, 장비는 이것으로 되는지 두려웠다. 취미인과 직업인의 경계에서 고민이 가득한 상태에서 정해진 첫 인터뷰이가 사진가 한홍일 선생님이었다. 부담과 압박을 느끼는 사이에 정신을 차려보니 촬영 당일이었고 압도적인 느낌을 주는 평창동 작업실에 도착했다. 대형 프린트와 장비들이 가득 찬 공간에서 분주하게 인터뷰 준비가 이뤄지고 있는 동안 긴장감으로 아득해지고 있을 때였다.

"삼각대는 안 가지고 왔나 보네요?"

선생님의 갑작스러운 질문에 당황해 네, 라고 입을 떼었지만 혹시 사진가의 기본이 안 되어 있다고 생각하신 걸까, 나는 왜 덜렁 카메라 한 대만 들고 왔을까, 성의 없다고 생각을 하셨을까… 등등 오직 번뇌와 나만이 존재하는 진공 상태로 서서히 빠져들었다. 아직도 두고두고 기억하고 있는 한마디를 들은 건 그 순간이다.

"잘했어요. 삼각대가 없으면 더 빠르게, 더 다양한 앵글을 찍을 수 있으니까."

25년이 넘는 경력을 가진 사진가에게 촬영 전 그보다 더한 격려를 받을 수 있을까. 가장 최소한의 장비를 가지고 왔다고 칭찬을 들었다. 돌이켜 생각해보면 역시 가벼운 격려 조의 말씀이었다. 당시 나는 일로써의 촬영 경험이 전무했기 때문에 현장에서 어떤 도구와 마음가짐이 필요하고 도움이 되는지 거의 알 수 없었고 애초에 가지고 있는 장비 자체가 많지 않았다. 그 한마디가 없었다면 여러 가지 요인으로 인해 촬영을 망쳤을지도 모른다. 또 그 망한 촬영으로 자신감을 갖지 못한 채 사진을 취미의 영역으로 남겨뒀을 가능성도 있다. 비약이 아니라 첫 경험은 정말로 힘이 세니까.

다행히 선생님이 툭 던져주신 말씀에 시작 전에 큰 용기를 얻었고 불안감이 걷힌 채로 촬영에 몰두할 수 있었다. 아직도 기억에 남는 나의 첫 인터뷰 촬영이었다. 이후로 더 좋은 카메라도 사고, 여러 가지 관련 장비를 사 모으기도 했지만 "장비는 최대한 줄이고 가볍게 많이 움직이자"는 생각은 자주 하고 있다. 대신 편한 차림으로 다양한 앵글을 위해 좀 더 많이 숙이고, 털썩 앉고, 드러눕거나 기대서 셔터를 누르자는 생각은 모두 그 한마디에서 왔다.

그렇게 인터뷰 사진가 경력을 시작하며 짧게는 한 시간, 길게는 대여섯 시간에 이르기까지 많은 사람들의 이야기를 듣고 있다. 디자이너, 방송인, 도예가, 마케터, 시인, 목수, 건축가, 플로리스트, 교수, 책방 주인 등 수없이 다양한 사람을 만난다. 타인의 초상은 물론이고 그들의 생활 공간 혹은 작업 공간이나 사물들을 허락 아래 마음껏 담는 일은 조심스러우면서도 감사한, 그리고 즐거운 일이다. 한 사람이 생활하고 일하는 공간에는 그 사람이 자리를 벗어나도 이곳저곳에서 공간 주인의 기운이 느껴진다. 그 여백과 분위기를 사진으로 담는 일은 아직도 내겐 무척 설레는 작업이다.

인터뷰어와 인터뷰이를 제외하면 누구보다 먼저 인터뷰의 내용을 들을 수 있는 사람이 될 거라고 기대했지만 사실 그럴 겨를이 없다는 것을 얼마 지나지 않아 깨달았다. 현장에서는 명확하게 내가 할 몫이 있기 때문이다. 사진을 붙잡으려면 이야기를 놓치고, 이야기를 붙잡으려면 사진을 놓칠 수밖에 없으니 촬영에 집중하다 보면 그날 흐른 단어와 문장들은 나중에 지면으로 확인하는 일이 많다. 그렇지만 그 자리에 있었기 때문에 전달받는 어떤 에너지랄까, 감각들이 분명히 있다. 셔터를 누르면서, 아직 나만 볼 수 있는 이미지들을 만지며 앞으로 만들어질 인터뷰를 기대하는 일은 사진가가 가질 수 있는 큰 특권이다.

인터뷰어와 인터뷰이가 있는 공간에서 사진가는 한걸음 물러서 있다는 점이 좋다. 때로는 사진가가 진두지휘해야 하는 촬영 현장도 있다. 많게는 수십 명의 사람이 나를 지켜보고 큰 목소리로 피사체와 호흡하며 빠른 속도로 진행되는 촬영들. 엄청난 숙련도와 에너지가 필요한 일이고 그런 촬영이 끝나면 온몸의 힘이 빠지며 맥이 풀리기도 한다. 몇 번의 경험 끝에 중요한 결론에 도달했는데 나는 그런 촬영을 능숙하게 해내는 사람은 아니라는 것. 안타깝지만 중요한 깨달음이었다. 사진 찍는 일을 사랑하지만 좀 별개의 문제였다.

대신 셔터 소리를 제외하고는 숨을 죽이며 사람들 사이에서 공기처럼 존재하면서 어떤 맥락 뒤에 순간적으로 나오는 표정을 놓치지 않고 담을 수 있는 촬영을 무척 좋아한다는 걸 알게 되었다. 그러나 하고 싶은 일만 하며 살 수는 없고 좋아하는 일만 내게 던져지지도 않는다. 질문을 건네는 사람과 답하는 사람 옆에서 찍는 사람으로 있는 시간이 얼마나 혹은 언제까지 나에게 허락될지는 모르겠다. 화려하고 강렬한 아름다움이 넘치는 세계에서 희미하고 사소한 아름다움을 발견하는 일, 놓치지 않는 일, 증명하고 설득하는 일이 무척 어렵다는 것도 점점 더 느낀다. 알면서도 더 잘하고 싶다는 생각을 한다. 오히려 그런 것을 잘하고 싶다고. 단독자로 힘을 내뿜는 사진보다는 이야기로서 덧붙여지거나 조력하는 사진들을 꾸준히 찍고 싶다. 글과 사진이 서로를 밀어주거나 받쳐주는 모양을 보면 근사하다고 느낀다.

'멋있으면 다 언니'는 나에게 잊을 수 없는 프로젝트로 약 반년 동안 진행된 카카오 페이지의 규모 있는 인터뷰 프로젝트였다. 나는 그 무엇보다도 황선우 작가님과 일을 하게 되었다는 것에 흥분할 수밖에 없었다. 이제 막 사진가로 경력을 시작해 활발하게 일을 하고 있는 나에게 국내 톱스타들은 물론이고 틸다 스윈턴, 제프 쿤스, 폴 오스터 같은 세계의 명사들을 인터뷰한 작가님은 그야말로 '인터뷰의 제왕'처럼 느껴졌기 때문이다. 어떤 질문을 던질까, 어떤 아우라로 압도할까, 약간은 고조된 기분으로 첫 인터뷰 현장에 갔을 때 나는 깊이 깨달았다. 황선우 작가님은 잘 듣는 사람이었다. 그냥이 아니라 무척 성실하고 적극적으로 잘 듣는 사람이었다. 상대방과 눈을 맞추고, 상대방의 말이 끝나기까지 절대적인 집중력으로 듣는 사람. 상대방이 이야기를 하는 동안 다음 질문을 생각하거나 인터뷰의 전체 흐름을 생각하기보다는 지금 상대가 하는 말에 귀를 기울이고, 주어진 시간이 아무리 짧더라도 진심 어린 반응과 교감을 나누며 대화를 이어갈 수 있는 사람. 잘 들을 수 있기에, 그다음 질문들을 어긋나지 않게 잘 던질 수 있는 사람이었다. '제왕'의 화려한 언변이나 카리스마를 예상하며 촬영 현장에 들어간 나는 그 깊은 귀 기울임이 놀라웠다. 시간이 지나치게 제한되어 초조한 상황에서도, 스태프가 많아 어수선한 상황에서도 밀도 높은 경청과 대화들이 오갔다. 그해 여름부터 가을까지 나는 '잘 듣는 사람'이 이끌어낼 수 있는 큰 힘을 깨달았다. 삶에 대해서, 일에 대해서, 명상에 대해서, 여성들의 연대에 대해서, 창작에 대해서 아주 특별한 대화들이 오갔다. 독자로서는 타인들의 내밀한 대화 속에서 나에게 꼭 필요하고 들어맞는 문장을 찾아내게 되어서, 사진가로서는 몰입한 인터뷰이의 멋진 표정을 담을 수 있어 '멋있으면 다 언니'는 무척이나 큰 행복이자 보람이었다.

찾아 읽고, 때로는 응하고, 종종 촬영으로 도움을 더하며
여전히 인터뷰를 좋아한다. 인터뷰는 무엇보다 상대방에게 이로운
질문을 던질 수 있는 사람이 되고 싶다는 생각을 자주하게 만든다.
무엇보다 잘 찍고, 잘 말하는 사람, 그 이전에 잘 들어주는 사람이
되고 싶다. 역시 다른 사람의 문장들을 타고서야 도달할 수 있는 세
계가 있다. 카메라 뒤에서 그런 생각을 한다.

8

<오렌지 이즈 더 뉴 블랙>(Orange Is the New Black)은 여성 재소자들의 이야기를 다루는 미국의 코미디 드라마 시리즈로 많은 이들의 넷플릭스의 입문작이기도 하다. 당연히 배경은 90퍼센트가 감옥이며 작중 인물들 대부분 범죄자이기 때문에 연출 수위가 높다. 나 역시 넷플릭스를 이 시리즈로 시작했고 심심할 때마다 돌려 보는데 오랜만에 틀면 새삼스럽게 또 놀란다. 이만큼 다양한 인종, 다양한 연령, 다양한 형태의 여성의 몸을 적나라하게 드러내는 드라마가 또 있을까? 일단 이렇게 많은 여성이 나오는 드라마도 찾기 힘들 것이며 이렇게까지 여성의 몸이 대상화되지 않고 나오는 드라마도 없을 것이다. 물론 여성 교도소라는 특수한 배경이기 때문에 가능했다. 이 드라마에서는 일단 평균이란 말이 의미가 너무나도 없다. 시즌 3까지 연달아 보다 보면 오히려 뱃살이나 팔뚝살이 없는 완벽한 몸을 보고 깜짝 놀라게 된다. 텔레비전에서 늘 보는 아주 날씬하고 반듯한 몸이 낯설어지는 경험을 하게 되는 것이다.

물론 이건 넷플릭스 안에서 가능한 선택적 익숙함이고 다시 공중파 예능이나 드라마를 틀면 상황은 달라진다. 그곳에선 평균과 다른 외모와 신체를 가진 여성들, 예를 들면 키가 작거나 지나치게 크거나 뚱뚱한 여성들은 어떤 식으로든 희화화되고 있다. 그것을 더러 '캐릭터'라고도 부르는 모양이지만 어째서 여성들의 캐릭터는 그렇게 철저하게 외모 평가로부터 오는 것일까. 인정하기 싫지만 아직은 이것이 우리의 현실이다.

오래전 베를린에서 지나가는 버스의 외부 광고를 보고 놀란 적이 있다. 빠르게 스쳐 지나갔고 독일어로 쓰여 있었기에 어떤 광고인지는 알 수 없었지만, 한 여성의 포트레이트로 꽤 클로즈업된 사진임에도 불구하고 울룩불룩한 살과 얼굴의 여드름과 흉터, 진한 주근깨가 그대로 드러나 있었기 때문이다. 여행이 끝날 때까지도 내게 깊게 남겨진 장면이었다. 서울로 돌아와서도 가끔 정류장에서 쉘터 광고를 유심히 들여다볼 때가 있는데 거의 사람 크기로 확대되어 있는 이미지임에도 모공 하나 보이지 않는 경우가 많다. 그 보기 좋은 부드러움, 완벽함이 때로는 기이하다는 생각이 들기도 한다.

내가 일하고 있는 세계는 그 무엇보다 매끈함을 우선한다. 군살 없는 몸과 잡티 하나 허용하지 않는 피부. 미디어에 노출되는 사람들, 특히 여자들은 이 공식을 철저하게 따른다. 지면 광고에서 만나는 이미지들이 무수한 수정을 거친다는 것은 이제 많이들 아는 사실이다. 하지만 그 이전에도 철저한 검증을 거친다. 보통 촬영을 앞두고 여러 에이전시에서 모델 프로필을 받아본 뒤 실물 미팅이란 것을 하는데, 이 모델의 이미지와 브랜드의 옷이 어울릴지 가늠하며 간단하게 피팅을 해보는 시간이다. 이 실물 미팅에 참가하면 모델을 앞에 세워두고 "실제로 보니 덩치가 좀 있네"라거나 "떡대 때문에 옷 입히면 안 예쁠 것 같아"라는 말이 아무렇지 않게 오가는 것을 듣게 된다. 당연히 무척 당황스럽다. 눈앞에는 170이 넘는 키에 50킬로그램이 겨우 넘는 외국인 모델이 서 있기 때문이다.

그러나 모든 브랜드들이 철저하게 이런 방향을 고수하는 것은 아니다. 얼마 전 늘 하던 대로 요철이나 잡티를 지우고 보낸 결과물에 대해 "조금 더 자연스러운 피부 결을 원합니다"라는 피드백을 받은 적이 있다. 아주 오래전부터 보아오던 잡지나 광고 화보의 문법에서 비롯된 자연스러움의 기준이 어느새 내게도 단단히 자리 잡고 있었던 것이다. 예를 들면 화장품 화보라면 모델의 살결 위에 뾰루지 같은 것은 보이지 말아야 한다는 생각. 스포츠 웨어 광고라면 운동을 즐겨 하는 인물 신체에서 셀룰라이트가 도드라지지 말아야 한다는 생각. 그래야 구매 욕구가 생길 것이라는 생각. 그것이 미디어에서는 오히려 자연스럽다는 생각. 당시 피드백을 해온 브랜드가 원하는 자연스러움과 소비자이자 촬영자인 내가 생각하는 자연스러움 사이에 이격이 있었다. 늘 리터칭 전 "이 부분과 이 부분을 말끔하게 지워줄 수 있을까요?"라는 요청을 받아왔기 때문에 두 번 일하지 않으려고 최대한 모든 결점을 완벽하게 지워 보내야 한다는 마음으로 작업을 했다. 그동안은 결점이 완벽하게, 아주 감쪽같이 지워진 이미지가 곧 내 능력치이기도 했으니까. 이번에는 낯설었고, 재작업이 필요한 피드백이었음에도 기분이 썩 나쁘진 않았다.

처음으로 언더웨어 촬영을 하게 되었을 때, 섹슈얼한 속옷 마케팅을 지양하는 브랜드라는 내용의 의뢰 메일에 수락했다. 디렉터, 모델, 스타일리스트, 헤어 메이크업 실장 등 모든 스태프들이 여성으로 이루어진 현장이었고 굉장히 즐겁고 활기찬 분위기에서 촬영이 진행되었다. 그런데 결과물을 보내기 전 정말 여기에서 마무리 지어도 괜찮은지 의문이 들었다. 몸과 피부 보정을 과하게 하는 것을 원치 않는다는 디렉션을 미리 받은 상태였고, 다양한 체형이 드러나는 여성들의 이미지가 이제 낯선 것도 아니었지만 막상 작업자의 입장이 되니 생각하지도 못했던 부분이 우려된 것이다. 혹시 내가 일을 '덜' 했다고 생각하지는 않을까? 그러니까 나에게는 다리를 늘이고 튀어나온 살을 집어넣어달라고 요구하지 않는 거의 최초의 광고주인 셈이었다. 늘 하던 작업을 생략하고 보내자니 갑자기 불안감이 든 것이다. 그리고 그런 자신에게 약간은 회의감이 들기도 했다. 이미 완성에 가까운 모델들의 몸과 피부를 더 완벽하게 하는 작업을 필수적으로 해왔다는 증거였다. 나 역시 과체중 여성임에도 나를 비롯한 이들이 배제되는 산업의 기형적인 구조에 힘을 보태고 있었다는 것을 부인할 수 없었다. 광고 사진을 활발히 찍는 사진가는 아니지만 분명히 어떤 지점에서는.

프랑스에서는 광고와 신문, 잡지에 등장하는 사진에 수정을 했을 경우 가공된 사진이라는 문구를 붙일 것이 법안으로 제출되었다. 2009년의 일이다. 청소년들이 컴퓨터로 다듬어진 완벽한 이미지를 보고 비현실적인 체형을 아름다움의 목표로 삼는 것을 넘어 거식증에 걸리거나 저체중을 선망할 수 있기 때문이다. 나서서 왜곡된 인식과 잘못된 기준을 만들지 말 것, 가공을 하더라도 그것을 명확하게 표기할 것. 이미 10년 전 프랑스는 그러한 내용들이 법의 테두리 안에 있어야 한다고 생각했다. 자신의 몸과 얼굴에 과도한 수정을 하지 않았으면 좋겠다고 공공연하게 이야기하고 포토샵을 하지 않는 조건으로 누드사진을 찍은 키라 나이틀리 같은 배우도 있다. 본인이 어떤 자리에 있는지, 어떤 목소리를 내면 좋을지 명확하게 알고 있는 것이다. 유명 배우 한 명의 목소리도 중요하지만 무엇보다 사회 구성원들이 책임을 나눠 가져야 할 것이다. 자연스럽지 않은 자연스러움을 만들어내지 않기 위해.

그렇다면 최대한 원본과 똑같은 것이 무조건 올바른 이미지일까? 때로 카메라라는 기계는 눈에 보이지 않는 것들도 기어코 찾아내고 부각시킨다. 예를 들면 상대방과 마주 보며 이야기할 때는 미처 눈치채지 못했던 눈곱이라든지 각질, 튼 살과 흉터 등이 고정된 이미지 위에서는 고해상도로 뚜렷하게 자리 잡아버리는 것이다. 모델처럼 완벽하고 빼어나지 않지만 용기를 내어 몸을 드러낸 사람에게 이것만은 아주 부각되지 않았으면 하는 부분이, 숨기고 싶은 구석이 있을 수 있다. 누군가는 완전하게 자유로워졌겠지만 누군가는 아직 과정 중에 있을 수 있다. 그 어떤 것도 지우지도 건드리지도 않는 것이 무조건 맞는지도 고민되는 부분이다. 아직은 외모 평가와 비난이 만연한 사회에서 어떤 대의를 위해 모든 것을 적나라하게 드러내보라며 큰 짐을 지우는 건 아닌가. 어떤 운동과 움직임의 도구로써 사용하는 건 아닌가. 어쩌면 한걸음 내디딘 이를 움츠러들게 하는 또 다른 방식의 폭력이 되는 것은 아닌가.

　　아직 해답은 찾지 못했지만 요즘은 노출이 있는 촬영일 경우, 클라이언트보다는 피사체에게 먼저 다가가 인위적인 보정은 거의 하지 않을 것이란 걸 밝히고, 혹시 지우고 싶은 부분이 있는지, 어떤 부분은 너무 드러나지 않았으면 좋겠는지 물어본다. 특정 부분을 가리고 싶어 하거나 수정하고 싶어 한다면 그 부분을 존중한다. 카메라 앞에 선다는 것은 정말 대단한 용기를 필요로 하는 일이란 것을 알기 때문이다. 동시에 톤에 대한 고민을 많이 하고 있다. 형태를 건드리지 않으면서 거칠지 않게, 좀 더 자연스럽게 가닿을 수 있는 어떤 방법이 나는 톤에 있을지도 모른다고 생각한다. 피부와 그 피부가 감싸고 있는 무언가를 방해하지 않되 이해하고 싶다. 아마 이 생각도 계속해서 바뀔 것이다.

요즘은 불필요한 리터칭을 원하지 않는다는 기조의 브랜드들과 일하는 경우가 예전보다 많다. 그렇게 어떤 사람들은 생각보다 빠르게 변하고 있다. 여전히 모두가 생각하고 있는 자연스러움이 다르기에 그리고 무엇보다 내가 그동안의 습관에서 벗어나지 못했기에 결과물을 보내고 나서 종종 이런 피드백을 받는다. "이 모델은 나이가 더 느껴져도 괜찮을 듯합니다. 시니어 모델분은 주름 등의 보정을 하지 않아도 됩니다." 혹은 "튀어나온 종아리 근육이 더 좋았던 것 같아요." 나는 아주 기꺼운 마음으로 "네, 의견 감사드립니다. 수정 사항 적용하도록 하겠습니다"라는 회신을 한다.

다양한 몸, 다양한 피부, 다양한 몸짓이 거스름 하나 없이 완전히 눈이 익는다는 건 어떤 기분일까? 솔직히 말하자면 나 역시 완전히 자유로워지지 못했다. 옷을 고를 때 군살을 가리는 형태와 색상 위주로 선택하고 노출이 많은 옷을 여전히 꺼려 한다. 결점이라고는 없어 보이는 체형을 가진 이를 부러워하기도 한다. 내가 극복해야 할 부분들이지만, 다행히 점점 좋은 방향으로 여러 분위기가 조성되어가고 있다. 한 산업의 생태계를 개인의 노력만으로는 바꾸기 힘들고 한계가 있다. 우리에게는 주어진 신체에 긍정하는 감각, 최소한 부끄러워하지 않는 감각이 필요하고 여러 합의와 이해, 노력으로 이끌어낼 수 있다. 분명한 건 우리 앞에 그것이 천천히 오고 있다. 아주 멀지는 않았다.

9

마가렛 버크화이트(Margaret Bourke-White)를 대표하는 수식어 중 가장 유명한 표현은 아마 이것일 것이다. "최초의 여성 전쟁 사진가", "최초의 여성 다큐멘터리 사진가". 그보다도 내게 더 중요한 문장은 그는 아주 힘차게, 오래 찍어나간 사람이라는 것이다. 그래서 어떤 사진가를 좋아하냐는 질문 앞에선 매번 아득해지지만 어떤 사진가를 닮고 싶냐는 질문에는 늘 한 사람을 제일 먼저 떠올린다.

마가렛 버크화이트는 «라이프» 지의 창간 멤버로 격변기를 살아냈고 또 찍어냈다. 그런 시대에서 그가 남긴 기록들은 포토저널리즘, 그리고 여러 세대의 사진가들에게 영향을 주었다. 공황과 전쟁, 혼란과 변화의 시대였다. 거칠고 야만적이었을 것이다. 지금도 가끔 무거운 장비들을 잔뜩 들고 현장에 나가면 의외라는 듯 "여자 분이시네요"라는 말을 들을 때가 있다. 놀라움일 때도, 반가움일 때도 있지만 머릿속에 어떤 사진가의 모습을 그리고 있었을지 가늠하게 하는 말이기 때문에 묘한 기분이 든다. 1920년대부터 1950년대까지 특히 활발하게 활동했던 여성 사진가에게는 맞서 싸워야 할 것들이 지금보다도 훨씬 많고 거세었을 것이라고 그저 짐작만 해본다.

마가렛 버크화이트의 사진과 외모에는 늘 "남성 못지않은" "여류 사진가로서는" 같은 수식어가 따라다닌다. 사진이란 분야 자체가 남성 본위의 세계였기 때문일 것이다. 당시 그가 거의 반세기를 앞서 바지를 입고 다녔던 이유나, 몸에 비해 상당히 커다란 대형 사진기와 플래시, 보조 전기 등을 모두 들고 다니며 일을 했던 이유도 조금은 가늠해볼 수 있다. 그의 튼튼한 몸과 큰 키가 직업적으로 힘이 되었을 것이라 생각한다. 나의 경우, 늘 콤플렉스였던 커다란 손과 많은 근육량이 사진을 찍으면서부터는 전혀 문제가 되지 않게 되었다. 오히려 재능의 일부로 편입되었다. 특히 큰 손은 정말 유리해서 자랑스럽게 여긴다.

가장 좋아하는 사진은 마가렛 버크화이트가 찍은 사진이 아닌, 마가렛 버크화이트 본인이 찍혀 있는 사진이다. 그의 암실 기술자인 오스카 그라우브너(Oscar Graubner)가 찍은 사진으로 크라이슬러 건물 61층에 있는 스튜디오 밖의 낙수 물받이용 괴물상 끝에 걸터앉아 뉴욕의 고층 건물들을 촬영하는 모습이다. 어떠한 보호 장구도 없이, 대형 필름 카메라와 마가렛 버크화이트만이 있는 사진이다. 아웃포커싱 된 배경에는 고층 건물들의 옥상들이 있다. 보기만 해도 아슬아슬해 심장이 조여오는 이 사진은 어쩌면 그가 평생에 걸쳐 지켜온 태도가 엿보이는 사진이다. 담력과 재능이 한도를 초과해버리면, 불리한 시대였어도 어떻게든 빛을 발할 수 있는 걸까.

폭격기의 조종석에 앉아서, 소련의 탱크 앞에서 무언가를 기록하는 마음은 남아 있는 사진들을 보고 있어도 잘 상상이 되지 않는다. 참혹한 장면들을 남기고자 하는 열정도, 죽음을 각오하고 현장을 지키고자 하는 의지도 나로선 쉽게 감정을 이입하기는 힘들다. 극소수의 사람들은 그가 광기에 젖어 일을 했다고 평가하기도 했다. 그러나 그가 했던 말 중 나에게 두고두고 지침으로 남아 떠올리게 하는 말이 있다.

"사진가가 이해하는 것은 사진가에게 있어 사진 장비만큼이나 중요한 것이다." 이 말은 마가렛 버크화이트가 1946년 마하트마 간디와의 경험을 이야기하며 남긴 말이다. 그는 늦여름, 시체가 덮여 있는 캘커타로 간디를 만나러 갔고 그를 촬영하기 위해, 즉 그를 먼저 이해하기 위해 물레 잣는 법을 배웠다. 물레는 인도 국민들, 간디, 그리고 독립운동의 상징이기도 했다. 마가렛 버크화이트는 이 대담으로 간디와 친분을 나누게 되었고 간디를 마지막으로 인터뷰한 기자가 되었다. 나는 누군가를 찍을 때 그 문장을 자주 떠올린다. 포탄이 날아드는 전쟁터에 나가는 것도, 첨탑이나 수용소를 찍는 것도 아니지만 적어도 좋은 사진을 찍고 싶다는 마음이 들 때면, 특히 고민이 되는 촬영을 앞두고 있을 때면 제일 먼저 떠올리는 말이 되었다. 사진을 찍는다는 건 아무리 상호 간에 동의를 얻었다고 해도 타인의 세계와 영역을 약간씩 침범하는 일이기 때문이다. 아주 조금이라도 상대방을 이해할 수 있다면 약간이나마 덜 무례해지는 일이 아닐까 생각한다.

그는 '최초'라는 수식어를 떼고 보아도 좋은 사진을 많이 남겼다. 《라이프》 지의 스태프로 많은 시간 일했기 때문에 대부분 《라이프》를 위한 사진들이 많은데 <스탈린의 미소>라는 사진에 대한 일화가 재밌다. 초상 촬영은 그렇지 않아도 어려운 일인데 심지어 강철의 인간이라는 별명의 남자를 찍는 일이었다니 아무리 마가렛 버크화이트여도 곤란한 일이 아니었을까 상상해본다. 스탈린을 웃게 하는 일은 예상대로 어려웠지만 마침 카메라의 각도를 바꾸는 와중에 가방에서 여러 개의 플래시가 쏟아져 나왔고 그 모습을 본 스탈린이 웃는 순간을 놓치지 않고 포착했다고 한다. 가끔 유명 사진가들이 더 유명한 스타들을 찍을 때의 일화들을 찾아 읽는다. 당연한 소리지만 누구나 긴장하게 되는 순간이 있구나, 싶기 때문에 안도하게 되는 것이다.

기개 넘치는 1936년 《라이프》 창간호 표지를 특히 좋아한다. 몬테나주 포르 펙(Fort Peck) 댐이 구조적으로 담겨 있고 작은 사람 두 명이 보일 듯 말 듯 서 있는 사진. 수백만 달러 규모의 프로젝트였고 창간호에 실릴 사진이었으니 촬영을 하러 가는 마음가짐도 부담스럽지 않았을까 가늠해본다. 마가렛 버크화이트는 전쟁터를 누비는 보도 사진가이기도 했지만 산업 시설이나 건축물 촬영도 탁월하게 해내는 사진가였다. 특히 시원시원하고 웅장한 구도를 즐겼다. 이런 표현을 아무렇게나 써버리는 시대였다는 것을 모르는 것은 아니지만 여러 번 생각해도 "여성으로서"가 아니라 그냥 그 자체로 스케일이 무척 크고 담대한 사람이었다고 생각한다.

그는 남자들과 어깨를 견주는 세계에서 강렬한 야심을 숨기지 않았고, 재능을 펼치는 주인공이었으며, 명예와 관심을 특히 사랑했다. 건강한 욕망이었다. 어디든 달려가는 사람이었다. 2인용 비행기를 타고 5일 동안 평야지대를 순회하거나 윈스턴 처칠의 초상을 찍기 위해 영국 전쟁 직전의 런던으로 향하기도 했다. 한국 전쟁에도 종군 기자로 참여했다. 아쉽게도 파킨슨병으로 왕성한 활동을 중단해야 했지만 투병하는 와중에도 자서전과 회상록 등을 저술하며 사진에 대한 열정을 손에서 놓지 않던 사람이었다. 그것이 나에게 무한한 경외심을 갖게 만든다.

마가렛 버크화이트의 초상을 한동안 홈페이지 메인에 걸어둔 적이 있다. 한눈에 보아도 1930년대의 여성 복식과는 다른 차림의 마가렛 버크화이트가 커다란 대형 뷰 카메라를 들고 씩씩하게 서 있는 사진으로 나의 모종의 바람이 담겨 있는 사진이었다. 늘 많이 찍고 오래 찍는 사람이 되기를 바라지만 많이 찍는 것보다는 오래 찍는 사람에게 점점 더 무게를 싣게 된다. 왜냐면 오래 찍으려면 여러 가지를 섬세하게 조절하는 방법을 배워야 함을 깨달았기 때문이다. 재능도, 근력도, 기개도, 운도. 그래서 무리하는 습관을 조정하고 조금씩 더 쉬고, 덜 찍으며 가려고 한다. 철저하게 계획해서 오래오래 찍고 싶기 때문에. 반세기 전의 기세 좋은 사진가처럼, 때로는 욕망을 숨기지 않으며. 흑백 사진 속에서 마가렛 버크화이트는 이렇게 말하고 있다.

"내 인생과 경력은 우연이 아니었다. 철저히 숙고했다."(My life and my career was not an accident. It was thoroughly thought out.)

같이, 이야기하면서, 만들어나가는

10

자주 지나다니는 길에 있어 눈여겨본 표구사가 있다. 딱히 액자 가게가 있을 만한 위치가 아니었는데 항상 밤늦게까지, 때로는 주말에도 불이 켜져 있어 언제나 눈에 띄었다. 늘 열심인 곳이구나. 그 모습이 인상적이어서 마음에 두고 있다가 액자를 만들 일이 생겨 찾아가게 되었다. 새로운 업체를 찾아가 무언가를 의뢰하는 일은 언젠가부터 설렘보다는 불안함의 비율이 높았다. 이번에는 소개를 받거나 어떤 후기를 찾아보고 간 것이 아니라서 더더욱 모험에 가까웠다.

가게 내부는 작은 평수였지만 다양한 크기의 액자들이 빼곡히 걸려 있거나 쌓여 있었고 대부분 조금 오래된 액자들이었다. 전체적으로 아주 세련된 느낌은 아니었지만 액자 하나하나에서 윤기와 공력이 느껴졌다. 안쪽에서 체격은 작지만 힘 있는 눈매의, 나이 지긋하신 사장님이 나오셨는데 내 이야기를 가만히 들어보시더니 "그럼 한번 같이 이야기해보면서 만들어가자"라는 말씀을 해주셔서 나는 샘플 같은 것을 더 볼 것도 없이 이곳에서 액자를 만들기로 마음먹었다. 무언가를 오래오래 만들어온 사람들의 도움과 지혜가 필요해 찾아갔을 때 "내가 하자는 대로 하면 돼"라는 고압적인 태도에 뒷걸음질을 친 적이 많았기 때문에 나는 좀 긴장했었다. 그런 사람들을 마주하게 될 때면 경력과 고집은 꼭 종이 한 장 차이처럼 느껴졌다. 그렇기에 사장님의 차분하고도 기본적으로 배려가 바탕에 깔린 제안이 마음에 들었다. 집과 무척 가까운 것이 가장 큰 장점이었다. 나는 커다란 액자 두 점과 작은 액자 두 점을 주문하고 천천히 만들어주셔도 괜찮다는 요청을 드렸다. 이 앞에 살고 있으니 의논할 것이 있으면 언제든 전화 달라는 말과 함께.

의뢰하고 보니 "같이 이야기해보면서 만들어가자"라는 말은 사장님의 일종의 말버릇이었다. 일정이 급하지 않은 관계로 나는 산책길에 종종 들러 액자에 관해 사장님과 이야기 나누곤 했는데 모든 대화의 끝은 이 한 문장으로 마무리되었다. 사장님은 주로 동양화를 위한 액자를 제작하시는 분인 듯했는데 내가 사진을 가져가 액자를 만들고 싶다고 하니 하시는 말씀 같았다. 요지는 처음이지만, 낯설지만, 각자 다른 방식으로 액자를 만들어봤겠지만, 같이 이야기해보면서 만든다면 문제될 것이 없다는 거였다. 말 그대로 처음 본 우리가 같이 이야기를 나누면서 만들게 될 것이라는 믿음이 차곡차곡 쌓였다. 대화 도중 내 말을 갑작스레 가로채거나, 액자 제작에 대해 상대적으로 무지한 나를 우습고 가볍게 여기는 일도 없었다. 사실 60대 정도 되어 보이는 남성에게서, 그리고 이런 환경의 일터에서 별로 기대하지 않았던 매너였다. 새삼 그간 난폭한 대화에 익숙해져 있었구나 싶었다.

교체형 액자의 단점이기도 한 습기 관리에 대해 이야기 나누는 도중 내가 좀 특이한 인화지를 쓴다는 것을 눈치채신 사장님은 인화지 뒷면을 이리저리 살펴보시더니 내가 괜찮다면 한번 배접을 해보고 싶다고 하셨다. 보통 배접은 동양화 작품 관리에 필요한 방법이라 생각지도 않았었지만 사장님의 단호하면서도 조심스러운 질문에 여분은 있으니 얼마든지 테스트하셔도 된다고 했다. 사실 여분 같은 건 없었지만 사진이야 다시 뽑으면 그만이었다. 난 이미 사장님이 마음에 들었기 때문에 거짓말을 했다. 다른 사람 의견을 충분히 존중하면서도 부지런한 사장님이라면 결과물이 나쁠 리가 없겠다는 생각이었다.

며칠 뒤, 사장님의 전화를 받고 들러 보니 배접 처리를 한 사진들은 더 빳빳하고 튼튼해졌고, 덕분에 아주 곧고 정직한 액자들이 완성되었다. 사장님은 인화지 뒤에 종이를 덧붙여 두텁게 만든 뒤 액자를 만들었기 때문에 액자 안에서 종이가 울어버릴 일이 없을 거라고 만족스러움을 내비쳤다. 자신의 능력을 자부하고 믿음으로써 나올 수 있는 뚜렷한 기색이었다. 분명히 더 수고스러운 과정이었을 텐데 좀 더 나은 결과물을 위해 시간을 들여 시도해주신 것이 분명했다. 사장님은 처음부터 끝까지 나와 한 약속, "같이 이야기해보면서 만들어가자"를 지켜주셨다. 같이 이야기하는 것, 작업자를 존중하되 새로운 시도를 마다하지 않는 것, 함께 만들어 나가는 것. 갑자기 문을 열고 들어간 액자 가게에서 그 어떤 현장에서보다 탁월한 협업이 무엇인지를 배웠다. 오랜 기술자의 격식과 현장에서의 노하우를 느낄 수 있었다. 좋은 어른이셨고, 좋은 협업자셨다.

서로 다른 사람들, 처음 만나는 사람들, 이해관계가 다른 사람들과 함께 일하기 위해선 여러 가지가 필요하다. 그중에서도 가장 중요한 건 성실함과 용기, 그리고 배려가 아닐까. 타협하지 않고 버티는 끈기와 자신감을 가지고 의견을 내비치는 담력과 무엇보다 과정 과정 서로에게 마음을 쓰는 마음. 결국 이렇게 모인 목적은 "같이 이야기하고 만들어가는 것"임을 이해하는 마음. 사장님의 성실함과 용기, 배려가 담긴 채로 거실에 걸려 있는 커다랗고 붉은 참죽나무 액자를 보면서 세 가지 단어를 떠올린다. 이렇게 단단한 협업자가 되고 싶은 마음으로.

11

혼자 찍고 혼자 보면서 혼자 즐기면 그만이던 때에서 너무 멀리 와버렸다. 물론 불행하다는 뜻은 아니다. 나름의 기쁨과 즐거움이 이 안에 있다. 다만 이제 그저 즐기기보다는 살 해내아 하는 이유가 적지 않게, 여러 개 생겨버린 것이다.

작은 회사, 혹은 프리랜서가 생활을 유지하기 위해 필요한 건 뭘까? 재능과 영감, 체력과 끈기, 운과 타이밍… 이 모든 것을 가볍게 압도하는 게 정기적인 수입과 지칠 줄 모르는 선전이라는 걸 짧은 프리랜서 생활을 하는 동안, 그리고 스튜디오를 운영하는 동안 절절하게 깨달았다.

매달 같은 날짜에 정해진 금액이 들어왔던 회사생활은 내게 화려하진 않았어도 약속된 미래를 가져다주었다는 것을 사업자를 내자마자 알 수 있었다. 일하는 자유와 함께 구속받지 않는 거지가 될 가능성도 내게 펼쳐졌음을, 지나치게 소박했지만 그래도 안정이라 부를 수 있던 무엇도 저 멀리 갔다는 것을 인정하는 것이 소규모 자영업자 생활의 시작이자 전부였다. 나의 효능을 널리 알리는 것 역시 마찬가지였다. 가만히 있어도 일이 쏟아져 들어오는 경우가 아니라면, 특히 이제 막 시작한 단계라면 소리 높여 홍보하는 것은 거의 필수에 가깝다. 정기적인 선전이 앞서 말한 (그나마) 정기적인 수입으로 이어지기 쉬운 것이다. 혹시 너무 설치는 것이 아닐까 하는 걱정은 하지 않아도 된다. 모두가 목소리 높여 자신을 홍보하는 세상에서 그런 생각은 자의식 과잉이다.

언제나 거대한 LED 전광판의 마음으로 살고 있다. 누군가는 지나가다 고개를 들어 발견할 것이라는 마음으로 뭔가를 전송한다. 이제는 특별히 노력하지 않아도 만족스러울 정도로 업무 의뢰가 들어온다 해도, 그 양과 별개로 내가 해온, 또 하고 있는 일을 알리는 것도 중요한 일이므로 흐름을 놓치지 않으려 작업물을 올리는 편이다. 중요한 건 계속 무언가를 하고 있다는 리듬을 보여주는 것이기 때문이다. 포트폴리오 업데이트는 그 자체로 나의 중요한 궤적이 되기도 하기 때문에 습관을 들이는 게 중요하다. 함께 일해보고 싶은 업체에 먼저 메일을 보내거나 하는 적극적인 성격이 아니라면, 스스로의 자취를 단단히 만들어두는 데에 공을 들이는 것도 괜찮다. 잘 모아두고 분류해두면 누구든 알아보게 되어 있다.

나, 혹은 우리를 알리는 여러 방법들 중 하나는 전혀 해보지 않은 일을 해보는 것이다. 작은 스튜디오는 언제나 제안들과 선택들 사이에 놓여 있으므로 종종 이런 상황과 만난다. 가끔은 의도적으로 조금도 생각해보지 않았던 제안을 수락한다. 새로운 상황에 놓일수록, 나를 몰랐던 사람들을 만나게 될 확률이 크기 때문이다. 물론 시작부터 과정, 결과 전부 기존과 다르고 예측을 벗어나기 때문에 위험도와 부담 역시 크다. 엄청난 스트레스 요인이 되기도 한다. 그렇지만 새로운 곳에 발을 디디는 것만으로도 내 목소리가 좀 더 멀리, 의외의 곳에 가닿기도 한다. 가끔은 용기를 실어 전략을 짜야 하는 이유이다. 세상에는 에너지가 넘쳐나는 바람에 여러 가지 일을 동시에 하는 사람과 에너지를 끌어서라도 여러 가지를 일을 할 수밖에 없는 사람이 있는데 그런 이유로 우리 회사는 여러 가지 일을 하고 있다. 물건을 모아 공간을 열고, 뭔가를 직접 만들어 팔고, 동영상 강의를 제작하기도 한다. 모두 익숙하지 않은 일들이었다. 부지런히 애쓰고 깨지는 와중에 잃는 것과 얻는 것들이 있었다.

　　고된 일이다. 업무도 하고, 확성기도 들어야 한다. 내용물도 중요하지만 포장도 못지않게 중요하고, 전달도 잘 해내야 한다. 그래도 하다 보면 예상에 들어 있지 않던 부록 같은 성취가 있다. 혼자 소리치는 것 같아도 가끔 울려 퍼져 나가던 소리가 어딘가에 부딪혀 메아리로 돌아오기 때문이다. 이미 시작해버린 이 회사를 유지하기 위해 하는 일들이지만 그 와중에 내가 듣는 어떤 격려나 성원들은 나를 유지하고 지탱할 수 있게 만들어주기도 한다. 굳이 시간 내어 좋은 말을 남겨주시는 분들에게 항상 감사해야 하는데 자주 잊다가 떠올리다 보니 어떤 날엔 그 마음이 좀 묵직하다.

의뢰를 받고 사진을 찍고 소리 높여 이런저런 일을 했다고 알릴 일이 앞으로도 태산처럼 남아 있을 것이다. 또 기웃거리고 도전해봐야 할 크고 작은 일들도 새털처럼 많을 것이다. 어느 정도는 의지의 영역이고 어느 정도는 의무의 영역일 것이다. 이제는 그런 삶에서 물러설 수 없게 되었다. 하지만 달리 어떻게 방법이 없다. 렌즈의 앞과 뒤에 서서 지금까지처럼 해볼 수 있을 만큼 해볼 뿐이다. 말했지만, 불행하다는 뜻은 아니다. 나름의 기쁨과 즐거움이 이 안에 있다. 그럼, 그럼.

12

'가까워지고 또 멀어지며'는 내가 온라인에서 진행하고 있는 사진 강의 앞에 붙어 있는 말로 누군가에게 사진 촬영에 대해 설명할 때 자주 언급하는 표현이다. 초점 거리나 화상의 크기를 급격히 변화시키는 줌 기능을 그대로 설명하는 말이기도 할 것이다. 실제로 익스트림 클로즈업과 익스트림 롱 샷은 일할 때도, 일이 아닐 때에도 가장 즐겨 쓰는 기법이기도 하다.

한걸음 가까이 가보는 것, 또 한걸음 떨어져보는 것에서부터 다르게 보기는 시작된다. 실제 눈으로 보는 것보다 더 가까이 보는 것에서부터 많은 이야기를 할 수 있다. 사람도 들여다보면 볼수록 그 사람이 넓고 깊게 느껴지듯이. 그 안에서 무언가를 찾아보는 것을 좋아한다. 면밀히 들여다보아서 특별하지 않은 것은 잘 없다.

반대로 피사체도 나도 한없이 작고 또 작아지는 그 감각 또한 좋아한다. 멀리 튕겨져 나가 떨어지는 것을 즐긴다. 주제가 풍경이 되고, 점이 되고, 경계가 흐릿해지는 사진을 좋아한다. 가까이 가는 것과는 또 다르게 이야기를 부여할 수 있다. 주제가 여백을 부드럽게 안으면 존재가 작아짐과 동시에 커진다.

주로 자연 풍경을 찍을 일이 있을 때, 그러니까 드론을 이용하거나 아주 높은 곳에 올라가 사진을 찍을 때, 화면 안의 모든 것이 가장 작은 단위의 픽셀보다도 더 작아지는 순간에는 어김없이 천문학자 칼 세이건(Carl Sagan)의 말을 떠올린다. 태양계는 목성형 행성들과 목성, 토성, 천왕성, 해왕성, 나머지 부스러기들로 이루어져 있고 우리는 그저 부스러기의 부스러기에 속할 뿐이라고. 내가 중심에 있다는 생각, 내가 우주에서 조금이라도 중요한 존재라는 생각은 우스꽝스러울 따름이라고. 그럴 때면 부스러기의 부스러기의 부스러기 같은 작은 도시에서 사진을 찍고 있다는 사실이 이상한 쾌감과 안도감을 준다.

동시에 아주 많이 확대하고 포착하다 보면 마치 우주를 닮은 무언가를 들여다보는 것처럼 신비롭게 느껴질 때가 있다. 예를 들면 잘 익은 토마토의 단면을 찍을 때, 오랫동안 비바람을 견디고 살아온 목피를 찍을 때, 빛이 통과하는 잎맥을 찍을 때, 반짝이며 흘러가는 잔물결을 찍을 때, 눈 위로 존재를 새기며 지나간 무언가의 흔적을 찍을 때, 수많은 무언가를 담아냈을 누군가의 눈동자를 가까이 더 가까이 들여다보고 확대했을 때. 배경이 점점 사라지면서 세부 형태가 도드라지고 눈에는 보이지 않던 특별한 기질들이 선명해질 때 상상의 여지도 커진다.

그래서 때로 아주 극단적으로 가까이서 찍은 사진과 아주 극단적으로 멀리서 찍은 사진은 닮아 있다. 아주 미미해 보이거나 아주 거대해 보이거나 가끔은 무한해 보이기 때문이다. 무엇이라 설명할 수도 없고 딱히 설명할 필요도 없는 사진처럼 느껴지기 때문이다. 그런 사진을 찍고 있으면, 뷰 파인더에 담고 있으면, 찍고 나서 바라보고 있으면 내가 조금은 희미해지고 있는 것 같아 좋았다. 사진을 찍고 찍어댄 것을 여기저기 드러내면서 어쩔 수 없이 매일매일 지겹게 자라나는 자아가 피로해서. 목적 없이 한없이 가까워지고 또 한없이 멀어지는 사진을 찍으면 칭찬받고 인정받고자 하는 자의식도 조금씩 옅어지는 것 같아서. 나를 흐릿하고 가볍게 만드는 연습을 하고 싶어서 누군가의 의뢰가 없는 날에도 가깝거나 멀리서 무의미해 보이는 것들을 담는다.

13

근사한 사진가가 되고 싶었다. 내 안의 멋진 사진가를 상상해본다. 카메라를 들고 날렵하게 움직이면서 더할 나위 없는 순간을 숨죽여 기다리다 정확하게 한 방을 날리는 모습을 갖춘 사진가. 그러면서도 완벽한 결과물을 얻는 사진가. 빠른 판단력과 스스로의 시선에 대한 확신이 있어야 가능한 일일 것이다.

내겐 그 모든 것이 없어서 언제나 재주넘기를 준비하는 마음으로 카메라를 든다. 손에 땀을 쥐지 않고 사진을 찍는 방법을 아직도 모르겠다. 고요한 현장에서 "찰칵"이 아니라 "챠쟈쟈챡!" "챠쟈챡!" 하는 셔터 소리가 끊이지 않을 때면 나의 어떤 부산스러움과 초조함이 그대로 노출되는 것 같아 그 자리에서 사라지고 싶다. 찍는 내 모습을 나는 보지 못하기 때문에 잘은 모르겠지만 왠지 멋지지 않은 사진가 그 자체일 것만 같다. 어쩐지 영원히 내 눈으로 확인하고 싶지 않은 모습이다.

나는 많이 찍는 사람이다. 찍기 어려운 상대여서 많이 찍고, 어떤 날은 날씨가 좋아서, 어떤 날은 사진이 지나치게 잘 나와서 많이 찍는다. 어떤 날은 기분이 좋아서, 신이 나서, 이 장면들을 놓치는 것이 아까워서 많이 찍는다. 그럴 때면 점점 내가 그리고 있는 어떤 '멋진 사진가' 상에서 멀어지는 기분이 드는 것이다.

적게 말하고 옳은 말만 할 수 있는 것처럼 적게 누르고 정확한 사진을 찍으면 좋을 텐데. 말도 많이 하고, 셔터도 많이 누른 날에는 그야말로 최악의 기분이 든다. 잘하고 싶다는 열망과 잘하지 못할 것 같아 드는 불안이 절묘하게 섞여 나오는 태도일 것이다. 셔터 수가 많아질수록 셔터 박스의 수명이 줄어드는 것처럼 입 밖으로 많은 걸 내보낸 날에도 내 안의 뭔가가 줄어들어 있는 느낌이 든다.

영화 <월터의 상상은 현실이 된다>에서 아날로그 사진작가 숀 오코넬(Sean O'Connell)로 나오는 숀 펜은 아프가니스탄의 히말라야 산맥에 올라 눈앞에서 오랫동안 기다려왔던 눈 표범을 보고도 지켜만 본다. 그리고 왜 찍지 않느냐는 월터의 질문에 대답한다.

"어떤 때는 안 찍어. 아름다운 순간을 보면 난 개인적으론 카메라로 방해하고 싶지 않아. 그저 그 순간 속에 머물고 싶지."(Sometimes I don't. If I like a moment, for me, personally, I don't like to have the distraction of the camera. I just want to stay in it.)

그 말의 멋짐에 짜증이 날 정도로 동의하고 또 좋아하면서도 나는 절대로 그렇게 할 수 없을 것을 안다. 기다리던 눈 표범이 나타나면 그 순간 연사를 500장 정도 찍어버릴 사람인 것이다. 언제나 그 순간 속에 머물지 못하고 찍고자 하는 욕망에 번번이 지고 만다. 완패를 당한다. 패대기를 쳐지는 수준이다. 몇몇 사진의 거장들은 그저 관찰하다가 어떤 순간에 날카롭게 카메라를 누르는 것이 실력이라고 말하고 많이 찍어 많이 고르는 것은 진짜 잘 찍는 것이 아니라고도 한다. 틀린 말은 아닐 것이다. 아니 너무 맞는 말이라 쾌씸한 기분이 든다.

함께 여행을 다니다 보면 아무리 좋은 풍경을 만나도 찍지 않는 친구들이 있다. 그저 행복해 할 뿐이다. 그럴 때는 그 친구들의 순간 속에 머물고자 하는 눈과 마음이 귀하게 느껴진다. 누구보다 많이 찍고, 누구보다 찍어서 올려 자랑하고 싶어 하는 사람의 대표주자로서 그렇다. 물론 그런 작은 호승심들에도 나름의 순수함이 있다고 생각한다. 뽐내고자 하는 사람들의 귀여움으로 SNS는 오늘도 분주하니까.

오늘도 일단 그냥 찍고 싶은 것을 많이 찍고 있다. 고민하는 것보다는 일단은 한 장이라도 더 찍는 것이 도움이 될 것 같기 때문에. 굳이 정의하자면 일단은 나는 아름다운 순간을 찍어 남기고 방해하면서 여기까지 온 사람이기 때문에. 그것까지 부정해버리면 더 멋있지 않을 것 같아서. 덜 찍어볼 수 있는 용기와 조금 더 겨뤄볼 수 있는 사람이 언젠가는 되겠지. 아직은 아름다운 순간 앞에서 환호하며 지고 있다.

14

괴로웠던 대학시절, 유일하게 받았던 칭찬은 엉뚱하게도 교양으로 수강했던 수필 수업에서였다. 당시 수업을 하셨던 이승규 교수님께서 나를 교수실로 불러 꿈이 무엇이냐고 물어봐주셨는데 미래에 대한 조금의 낙관도 없는 상태였기 때문에 별다른 대답을 하지 못했다. 저는 전공은 전혀 관심이 없고 할 수 있는 것도 없어서 졸업만 간신히 할 것 같아요, 그 말을 입 밖으로 꺼내지 못해서 머뭇거렸다. 그렇지만 안으로 자꾸만 구겨지기만 했던 시기의 칭찬이 너무나 기쁘고 소중한 나머지 눈물이 날 정도였기 때문에 아직도 그날의 기억이 생생하다. 초여름의 햇빛이 창문으로 들어와 책상의 모서리며 바닥까지 구석구석을 비췄고 방 안이 노란빛으로 가득 차 있었다. 꽤 학생이 많은 수업이었는데 앞에 나가 내 수필을 읽기도 했다. 하고 싶은 말을 멋대로 죄다 써버린, 읽는 이를 고려하지 않았던 길고 긴 글이었기 때문에 중간쯤 둘러보니 거의 다 졸고 있었던 것으로 기억한다.

이 책의 스튜디오 운영기 일부는 메일링 서비스 '앨리바바와 30인의 친구친구'에 수록되었던 원고들로 당시 나는 투병 중이었던 디자이너 고(故) 이도진을 돕고 싶다는 마음으로 참여를 결정했다. 시, 소설, 에세이, 인터뷰, 만화, 일러스트, 레시피, 사진, 영상, 믹스 트랙, 오디오북 등 30인이 돌아가며 메일을 전송하는 형식의 서비스였고 이승규 교수님의 칭찬을 애써 기억해내며 힘들게 힘들게 원고를 써냈다. 오래전 들었던 말에 기댈 정도로 어려운 일이었다. 사진으로 참여하는 방법도 있었을 텐데 굳이 익숙하지도 않은 글을 쓰겠다고 해서 고된 마감을 치렀다. 나름대로는 시간을 들여 진심을 전하고 싶었던 모양이다. 도진 씨가 내게 마지막으로 보낸 인스타그램 메시지는 언젠가의 밀라노 여행에서 빌라 네키 캄필리오 정원의 양귀비꽃을 찍은 사진으로 만든 커다란 패브릭에 보낸 하트 이모지였다. 그 패브릭을 선물하기로 해서 약속도 잡았었는데 이래저래 미뤄지는 바람에 끝내 전하지 못했다. 양귀비꽃을 보면 언제나 도진 씨를 떠올린다. 그를 멀리서 지켜보는 것만으로 사랑과 용감함에 대해 몇 번이고 새로 배울 수 있었다.

박혜미 편집자님은 내게 글을 써볼 것을 여러 번 권유해주신 분으로, 끊임없는 격려로 가장 강력한 동기를 내 마음속에 불어넣어주신 분이다. 매번 고사했지만 우연한 기회로 참여하게 된 메일링 서비스가 끝날 때쯤 몇 편의 원고가 쌓였고 그때쯤 받게 된 또 한 번의 제안에 나도 모르게 한번 잘 써보겠다는 약속을 하고 있었다. 생각할수록 너무 놀랍고도 매끈한 능력이었다.

두렵고 어려운 일이었지만 이승규 교수님이, 도진 씨가, 마지막으로 박혜미 편집자님이 심어준 어떤 작고 작은 계기들은 나도 모르는 사이에 연한 새순처럼 천천히 자라나 문장이 되고 글이 되고 한 권의 책이 되었다. 아주 오래전에 묻어둔 것도 있기에 떠올리면서 스스로 놀랍기도 했다. 세 분 모두에게 감사드린다.

글을 쓰는 것이 내게 사진을 찍는 일만큼 익숙하고 즐거운 일은 아니었지만, 사진을 찍는 일보다 나의 윤곽선이 뚜렷해지는 일이었을지도 모르겠다. 테두리라는 건 늘 내용물에 따라 변하기 때문에 10년 정도 지나서 봤을 때, 사진에 대한 생각이 어떤 식으로든 달라져 있을 수 있겠다는 생각도 했다. 그저 지금의 기록일 뿐이고 여전할 수도, 혹은 완전히 전복될 수도 있겠다고 생각하면서 썼다. 그 무엇이든 즐겁게 받아들일 수 있는 40대가 되길 바란다.

그럼에도 변하지 않았으면 하는 것이 있다. 가장 가벼운 차림으로 노 플래시 노 트라이포드, 번쩍이는 광채나 단단한 버팀목 없이 경쾌하게 사진을 찍고 있는 사람이면 더 바랄 것이 없겠다.

Behind the Cut
질문과 응답

QnA

Q. 사진에 관한 말 중 기억에 남는 것이 있다면

A. 많지만 늘 선명하게 기억하고 있는 것은 낸 골딘(Nan Goldin)의 말입니다. "나는 사진을 충분히 찍어놓는다면 그 누구도 절대 잃지 않을 거라고 생각하곤 했다. 그러나 사실 내 사진들은 내가 누군가를 얼마나 잃었는지를 보여준다."(I used to think that I could never lose anyone if I photographed them enough. In fact, my pictures show me how much I've lost.) 사진의 참 잔인하고 무정한 속성을 나타내는 말인데, 그렇기 때문에 더더욱 사진을 찍어야 한다고 느끼곤 합니다. 늘 이 말과 함께 아직 찍히지 않은 사진들과 내가 사랑하지만 언젠가는 잃어버려야 할 사람들을 생각합니다.

Q. 취미가 직업이 된다는 것의 의미와 직업을 바꾸기로 마음먹었던 계기

A. 업무의 영역으로 흐른 지는 꽤 시간이 지났음에도 불구하고 스스로를 사진가로 명명하는 데 오랫동안 망설였습니다. 인정받거나 사랑받지 못하는 시간이 길어지더라도 어떤 식으로든 이 일 주위를 맴돌고 싶다는 확신이 어느 순간 완전히 서서 그때부터 자신감을 가지려 노력했습니다. 정확히 말하면 어떻게든 맴돌지 못하면 불행하겠다는 확신이 들었어요. 취미가 일이 되면 평범하게 장단점이 있습니다. 모든 일이 그렇듯이요. 없어지지 않겠지만 극복해야지, 하고 있습니다.

Q. 일하면서 생긴 징크스가 있다면

A. 엉망인 메일이 즐거운 프로젝트로 이어지는 경우는 거의 없었습니다.

Q. 사진을 찍을 때 가장 힘든 것

A. 사람 찍는 것을 좋아하는데 사람 만나는 것을 힘들어 하는 성격. 저의 고충은 거의 여기서 출발합니다. 개미 싫어하는 개미핥기 같은 소리지만 정말 그렇습니다.

Q. 좋은 사진의 기준

A. 지나치게 근사한 사진들을 많이 찾고 보다 보니 너무 멋있는 사진들은 봐도 무감각해지는 기분이 드는 것도 조금은 사실입니다. 인스타그램에서 저절로 미소 지어지는 좋은 사진은 사람들이 소중한 순간들을 의식하지 않고 찍어둔 사진들입니다. 꼭 남길 필요가 있다는 생각으로 손을 뻗어 찍은 사진들은 왜 다 티가 나는 것인지. 사랑하는 사람들과 좋은 사진 많이 남겨두고 즐거운 시간을 보내는 것이 가장 중요하다고 생각합니다.

Q. 사진가가 좋아하고 즐겨 찾는 공간

A. 종로구 효자로의 서점 '이라선'과 그 일대의 길을 좋아합니다. 이곳에서 사진집을 사고 율곡로를 길게 걷습니다. 궁을 걷고 싶을 때는 경복궁보다는 경희궁 근처를 갑니다. 홍제천, 안산을 즐겨 찾고 오르며 계절이 바뀔 때쯤엔 한 번씩 카메라를 가지고 올라가는 편입니다. 필름 인화는 주로 시청역에서 합니다.

Q. 인물 촬영에서 중요한 것

A. 인물 촬영에서는 인물만큼 인물이 잘 숨 쉴 수 있는 배경이 중요하다는 생각이 점점 더 자주 듭니다. 인물과 어울리면서도 그 인물이 가장 자연스럽게 잘 드러날 수 있고, 빛과 그림자가 고르게 있는…. 이러한 배경을 찾기 위해서 피사체 그리고 프로젝트 관련 스태프들과 긴밀한 협의가 필요하다고 생각합니다. 그리고 모든 것이 완벽하게 짜인 상황보다는 어느 정도 여유와 가능성이 남아 있는 상황을 개인적으로 좋아합니다. 너무 애쓰거나 부자연스럽지 않게 대화도 나누고 어떤 일이 일어나게 될지 차분히 공유도 할 수 있는 여백이 있는 현장일수록 여러 시도들을 할 수 있었고 보통 좋은 사진이 나왔습니다. 모든 현장이 그렇지 않기 때문에 소중합니다.

Q. 자연광과 조명의 비중

A. 운이 좋다면 100퍼센트 자연광만으로 현장을 이끌어가기도 하지만 그렇지 않다면 조명을 일부, 7:3 정도의 비율로 사용하기도 합니다. 가지고 다니는 조명도 콤팩트한 것을 선호합니다. 빛과 그림자를 있는 그대로 받아들이는, 실제와 가까운 느낌을 가장 좋아합니다.

Q. 작업 과정 중 가장 즐거운 단계는 언제인지

A. 막상 촬영 당시에는 무척 정신이 없기 때문에 즐겁다고 말하기는 어렵고, 원본들을 쭉 늘어놓고 특정 색이나 톤을 입혀보는 시간이 아닐까 합니다. 진짜와 가깝게, 혹은 진짜와 멀어지게 갈지를 정하고 어떤 의도를 넣기도 하고 필요에 따라 다양한 레이어를 만들기도 합니다. 혼자 작업하는 시간이기 때문에 좋아하는 것 같기도 하네요.

Q. 어떤 카메라를 추천하고 싶은지

A. 카메라 추천을 잘 하지 않는 이유는 마치 '집'을 추천해달라는 질문을 받을 때처럼 난감한 기분이 들기 때문입니다. 상대방이 원하는 좋은 집의 요소를 저로선 전혀 알 수 없어서 상당히 곤란해집니다. 크기인지, 채광인지, 교통 편이 중요한지 등에 따라 추천해 줄 수 있는 집이 다를 수밖에 없을 텐데요. 모든 조건이 맞는 집도 있겠지만 그런 집은 비쌀 테니까요. 카메라도 마찬가지로 휴대성이 중요한지, 부담스럽지 않은 가격대가 중요한지, 업무용으로로 쓰는지 등 스스로가 어떤 기준을 가지고 있는지가 일단은 가장 중요합니다. 가격대와 크기, 용도를 정하고 나면 브랜드는 크게 중요하지 않다고 생각합니다. 보통 모든 브랜드를 전부 다 써본 사람은 드물지만 각 브랜드들의 장점은 인터넷에 검색하면 많이 나오기 때문에 본인의 선호도나 쓰임새를 찾아보는 것이 가장 중요합니다. 그래도 너무 막막한 초심자라면 많이 쓰는 유명한 기종을 추천합니다. 그런 카메라일수록 인터넷에 검색했을 때 정보는 물론이고 다른 사람들이 찍은 사진들이 많이 나오게 마련이라 결과물을 가늠하기가 좋습니다. 다른 사람과 내가 찍은 사진을 비교해보기도 좋고요. 제 경우는 나에게 익숙하고 편한 장비만큼 좋은 게 없다고 생각하기 때문에 한 브랜드의 카메라를 조금씩 기변하며 쭉 써오고 있습니다.

Q. 사진가로서의 목표

A. 사진가 이전에 한 명의 직업인으로서 잘 버티고 싶습니다. 업계의 희망과 자부심에 대해서만 이야기하고 싶지는 않습니다. 작은 스튜디오는 언뜻 보면 자유분방하고 관습과는 거리가 멀어 보이지만, 사실은 늘 아슬아슬한 줄타기의 연속입니다. 독립적으로 창작활동을 지속하고 유지하기 위해 일단은 늘 생존에 대해 생각합니다. 사진을 잘 찍고 싶다거나, 계속 발전하고 싶다거나 하는 건 버티고 나서 할 수 있는 이야기같이 느껴져서 일단은 여러 부침이 있더라도 끈질기게 버티는 게 가장 큰 목표입니다. 그렇게 1년을 버티고, 5년을 버티고, 또 10년을 버티면서 전환점 혹은 위기를 잘 기억하고, 그때그때 할 수 있는 이야기들을 하거나 목소리를 내는 것, 그래서 어떤 하나의 작은 사례로 남는 것이 부차적인 목표입니다.

Q. 사진을 찍는다는 것

A. 때로는 엄청난 기쁨에, 때로는 숨 막히는 부담감에 사로잡힐 수밖에 없는 것. 그렇지만 늘 크게 감사할 일이라 여기고 있고 늘 상기하려고 하는 것.

다만 빛과 그림자가
그곳에 있었고

초판 1쇄 발행 2022년 5월 25일
초판 3쇄 발행 2022년 9월 14일

지은이   정멜멜
발행인   고석현

편집   박혜미
디자인   스튜디오 고민
마케팅   정완교, 소재범, 고보미

발행처   (주)한올엠앤씨
등록   2011년 5월 14일

주소   경기도 파주시 심학산로 12, 4층
전화   전화 031-839-6804(마케팅), 031-839-6812(편집)
팩스   031-839-6828
이메일   booksonwed@gmail.com

*책읽는수요일, 라이프맵, 비즈니스맵, 생각연구소, 지식갤러리,
 스타일북스는 ㈜한올엠앤씨의 브랜드입니다.